KB126624

적당히 불편하게

• 일러두기 •

이 책은 친환경 용지와 친환경 콩기름 잉크를 사용해 제작되었습니다.

적당히
불편하게

김한슬이

히 조

요니킴

고양이다방

고 센

메르시온

키효북스

차 례

"

내일도 실패하겠지만   김한솔이

초록 빛 일기   heezo

너네만 지구에 살고 있냐? 고 센

선택적 미니멀리스트 mercioon

01

내일도 실패하겠지만

김한솔이

김한솔이(키만소리)

제3회 카카오 브런치 출간 프로젝트 대상 수상작 「엄마야, 배낭 단디 메라」와 2020년 인천시 북구도서관 대표도서 「55년생 우리엄마 현자 씨」를 출간했다. 2년간 부부 세계 여행을 마치고 돌아와 누구나 작가가 될 수 있는 곳, 출판스튜디오 <쓰는하루>를 만들었다. 작가, 글쓰기 강사, 출판 기획자 등 다방면에서 활동하고 있다.

인스타그램 : @kiman
이메일 : two_hs@naver.com

소소한 실천으로 환경론자가 될 수 없겠지만

그래도 지구파괴자에서는

조금씩 멀어지고 있는 건 아닐까

불완전한 지향의 힘

언제부터였을까. 미세먼지 가득 낀 회색빛 흐린 날이 보통의 하루가 되어버린 것이. 하늘색은 하늘의 푸르른 빛을 따서 붙여진 이름이다. 단순하면서도 명쾌하게. 그러나 그런 당연한 것들이 조금씩 힘을 잃고 바스라지고 있다. 잿빛의 안개가 익숙한 아이들에게 하늘색은 어떤 의미로 다가올까.

지구의 한계가 턱 끝까지 차올랐다는 생각이 든다. 오지 않을 것 같았던 순간이 성큼 속도를 내기 시작한다. 빙하가 녹듯이 우리의 내일이 야금야금 사라지고 있다는 걸 절절히 깨닫는 날이 이어진다. 생각해보면 이 모든 것들은 갑작스럽게 찾아오지 않았다. 어릴 적부터 '지구가 아파요.' 라는 말을 들으며 자랐으니까. 환경 보호 표어 쓰기와 포스터 사생 대회가 종종 열렸고 이따금씩 지구를 위한 글짓기를 썼다. 지금부터라도 환경을 보호하지 않으면 절망적인 미래가 찾아올 거라며 으름장을 적었던 기억이 난다. 그 당시 내가 적어냈던 '미래'는 내게는 오지 않을 까마득한 다른 세상이었다. 환경 파괴 주범은 우리 세대지만 피해자는 분명 다른 세대일 거라고 은연중 믿으며 한 글자, 한 글자 방심하며 적어냈다. 인류의 오만이었을까. 속부터 곪는 병들은 으레 그렇듯 알아챈 순간, 이미 벼랑 끝에 서있다고 한다. 뿌연 잿빛 하늘을 보며 생각해본다. 우리는 지금 어디쯤에 서 있을까. 앞으로 무엇을 더 잃게 되는 걸까.

완벽한 환경 운동가도 아니고 불편함을 감수하는 제로웨이스트도 아닌 내가 계속해서 이 글을 써도 될까. 성공보다 실패가 많은 어설픈 시도가 오히려 독이 되지 않을까. 심지어 철두철미한 비건도 아닌 나의 의견이 힘이 있을까. 질문의 답을 찾지 못해 펜촉을 꺾으려는 그 순간, 내게 용기를 주는 고마운 문장을 만났다.

'완벽한 비건 한 명보다 불완전한 비건 지향인 100명이 더 가치 있다.'

거대한 환경 구조를 다수의 어설픈 시도가 바꿀 수 있을까? 그럴 수 없다. 개인의 실천으로 뒤집기엔 지구를 둘러싼 모든 이익들이 오랜 시간 촘촘히 짜인 거미줄처럼 얽히고 설켜있다. 오늘의 지구에겐 정부 차원의 엄격한 잣대가 필요하다. 이 책을 통해 전하고자 하는 소소한 실천들은 드라마틱한 결과를 끌어내지 못해도 '내가 고작 이렇게 한다고 뭐가 달라져?'라는 마음정도는 일으켜 세울 수 있지 않을까?

처음부터 완벽한 제로 웨이스트와 비건이 될 필요는 없다. 의욕이 앞서 첫 발부터 완벽한 통제를 하려고 하니 오히려 금방 흥미를 잃었다. 나는 이제 실패에 연연하지 않는다. 무력함이 느껴질 때는 '나는 아직 인턴이야. 수습기간에는 누구나 잘할 수 없어.'라고 스스로를 다독인다. 그러면 내일 다시 도전하고 싶은 마음이 조그맣게 생겨난다. 편하게 살던 시간만큼 불편함에 좌절하는 시간도 견뎌야 하는 법이다. 내공은 쌓이기 마련이다. 수습생이 정직원이 되는 것처럼, 언젠가 나의 수습 기간도 끝날 것이다. 불완전한 지향의 힘을 믿는다. 완벽을 향해 걸어가는 착실한 관심만큼 지구의 시간은 분명 느려질테니까.

어쨌든 제로는 제로

잘하고 있다는 한마디

 꾸준히 지킬 수 있는 것부터
하나씩 늘려가는 재미를 찾아봐요 :)

나는 오늘도 지구 파괴자

퇴근 후 시켜 먹는 배달 음식에는 신기하게도 돈 버는 맛이 난다. 열심히 일했으니 이 정도의 편리함은 누려도 돼! 끼니를 제때 챙기지 못하고 일하는 날은 더 더욱 넘치는 한 끼를 기대한다. 냉장고 냉기를 가득 품은 맥주 한잔까지 곁들이면 완벽한 하루의 마침표가 따로 없다. 그러나 식사가 끝나고 피로의 갈증이 가실 쯤 식탁 위에는 스멀스멀 올라온 죄책감이 자리를 차지한다. 단 한 끼를 위해 배출되는 어마어마한 플라스틱과 비닐들, 일반쓰레기로 분류되는 음식 묻은 일회용 젓가락과 수저, 아무리 물로 깨끗이 씻어도 재활용 되지 않는 배달 용기들까지. 수고로움과 맞바꾼 쓰레기들이 나를 보며 이렇게 말하는 것 같았다.

"오늘도 또 지구를 파괴하셨네요."

　　짧은 편리함 대신 버려지는 쓰레기를 인지하고부터 지구파괴자 꼬리표가 계속해서 따라붙었다. '분리수거 열심히 하잖아'같은 핑계는 더 이상 통하지 않았다. 분리 배출된 쓰레기의 60%가 재활용 선별과정에서 다시 버려진다고 한다. 한 사람이 일생동안 살면서 배출하는 쓰레기의 양은 어느 정도일까. 고작 두 사람이 사는 단출한 우리 집만 해도 각종 택배 박스, 플라스틱 과일 박스, 배달 용기들, 비닐, 파손용 포장지 등으로 언제나 포화상태다. 줄이고 줄여도 잠깐만 방심하면 이 정도니. 아무래도 인간은 세상에서 가장 유해한 존재가 맞는 것 같다. 이토록 절망적인 기후 위기의 근본 원인은 특정 이슈나 누군가의 잘못이 아니었다. 긴 시간동안 유기적으로 연결된 도미노가 무너지고 있는 것이다. 회피하던 깨달음을 마주한 날에는 무해하고 깨끗한 삶을 실천하는 제로 웨이스트 삶에 대해서 깊이

고민하게 된다. 그러나 일평생을 지구파괴자로 살아온 내가 손바닥 뒤집듯 이상을 실천하는 것은 어려운 일이었다.

몇 번의 쓰라린 실패와 죄책감을 반복하면서 내 선에서 지킬 수 있는 몇 가지 실천 규칙을 세워봤다. 어떤 일이 있어도 지속적으로 지킬 수 있는 작은 신념들을 시작점에 세우기로 했다. 아주 소소해서 책으로 기록하기까지 많은 고민을 했지만 아무것도 하지 않은 것보다는 괜찮지 않을까 싶어 용기를 내본다.

첫 번째 플라스틱 빨대 쓰지 않기. 일주일에 플라스틱 빨대를 최소 3개 사용한다고 계산하면 일 년 동안 우리는 평균 240개의 빨대를 소비한다. 반대로 말하면 1년 동안 240개의 빨대를 줄이는 셈이다. 열 명이 함께한다면 2,400개, 백 명이면 24,000개다. 고작 빨대 하나라고 치부하기엔 큰 숫자가 아닌가. 더운 날 빨대로 쭉 빨아먹는 아이스 아메리카노 맛이 그리울 때면 속으로 외친다. 나는 지금 고작 한 개의 빨대가 아니라

240개의 빨대를 줄이고 있는 거야! 라고 말이다.

두 번째 장바구니 사용하기. 비닐봉지가 땅 속에서 완전히 분해되는 시간은 최대 1000년이라고 한다. 사람 수명에 비하면 우리는 너무나 많은 것을 남겨두는 게 아닐까. 비닐 사용을 단박에 끊어내는 건 아마 불가능할 것이다. 일상 속에 녹아든 비닐을 셀 수도 없으니 말이다. 하지만 우리의 의지로 대체할 수 있는 순간들은 분명 있다. 우리 부부의 에코백과 차 안에 장바구니가 항상 준비되어 있다. 비닐보다 튼튼하고 더 많은 식재료를 채울 수 있으며 디자인과 효율성을 선호하는 나라답게 사용하지 않을 때는 착착 접어서 수납이 가능한 다양한 장바구니 세계에 한 번 빠지면 헤어 나올 수 없다. 아쉬운 점은 장바구니 속에 담긴 물건들이 모두 비닐 포장되어 있다는 점. 무분별한 비닐 사용량으로 유명한 태국에서도 환경 문제를 인식하고 비닐대신 바나나 잎으로 식재료 포장을 시작했다는 기사를 본 적이 있다. 기분 좋은 변화의 바람이 불기 시작했다. 언젠가 나의 장바구니에도 비닐 없이 신선한 식재료만 가득 담기는 날이 오기를 바래본다.

　　마지막 세 번째의 노력은 최소한의 소비다. 친환경 기업의 물건을 후원하거나 건강한 상품을 선택하는 것도 좋지만, 처음부터 쓰레기를 만들지 않는 것이 먼저가 아닐까. 소비의 결과를 등과 어깨로 온전히 겪어내야 했던 배낭여행자 시절, 최소한의 소비를 지향하며 내 삶의 취향을 깊게 고민하며 2년간 살았다. 생각보다 사람이 살아가는데 숭요한 것들은 그리 많지 않았다. 신기하게도 부족함은 물건이 아니라 대게 마음에서 들통 났다. 새로운 물건을 사고 싶을 때 스스로에게 묻는다. '배낭 속에 담고 싶은 물건인가? 내가 짊어진다면 견딜 수 있는 무게인가?' 물건의 쓰임에 따라 움직이는 것보다 쓰임의 주체가 내가 되어야한다. 그 중심만 잘 잡는다면 최소한의 소비가 가능하다.

　　나만의 작은 신념들을 꾸준히 지켜가고 있지만, 여전히 배달 음식을 좋아하고 비닐 포장된 빵을 구매하기도 한다. 하지만 분명한 것은 적은 양일지라도 우리 집 쓰레기의 양이 조금씩 줄어들고 있다는 사실이다. 이 속도로는 절대 제로 웨이스트가 될 수 없겠지만 그래도 지구파괴자에서는 조금씩 멀어지고 있는 건 아닐까. 부디 그랬으면 좋겠다.

비건 선언

 비건은 왠지 말 한마디에
인생을 걸어야 할 것 같은 기분

헤어질 수 있을까

비건이라고 왜 말을 못 해

　　김한민 작가의 『아무튼 비건』과 보선 작가의 『나의 비거니즘 만화』를 요약하자면 '충격' 그 한 단어였다. 비건 활동은 단순히 탈육식이라고 생각했던 내게 많은 것을 보여주었다. 내 눈을 교묘히 가리고 있던 불합리하고도 이기적인 시선에 정신이 번뜩 들었다. 당연하다고 여겼던 사실들이 철저히 상업적인 관계에서 파생된 파괴적인 결과라니! 또 육식 문화가 불러온 전 지구적 생태계 위기는 어떤가. 한동안 우유도 먹지 못했고, 그 좋아하던 달걀 속에서도 비윤리적인 떼죽음의 그림자를 보았다. 마트 정육점에 걸린 도축된 고기에서 기름진 맛이 아닌 죄의식을 느꼈다. 필터링 없는 진

짜 현실을 담은 다큐멘터리를 만날 때, 축산업의 이면이 빼곡하게 적힌 책을 읽을 때, 비윤리적으로 소비되는 동물권의 현장을 목격할 때 마음이 뜨겁고 입이 옴짝달싹하다. 비건에 도전하고 싶다고 큰 소리치고 싶어진다. 경각심을 잊지 않기 위해 SNS에 글도 올리고 싶다.

분명 실패할 것이 자명하기에 조용히 손을 내리고 음량을 줄이게 된다. '유난 떨더니 그럴 줄 알았다.' 또는 '역시 사람은 고기를 먹어야 해.' 혹은 '너처럼 가볍게 시작하면 안 되는 거야.' 처럼 비난이 가득 담긴 시선이 두렵다. 다이어트는 매번 실패해도 괜찮은데 어째서 비건 선언은 이토록 무겁고 어려울까. 다이어트에 실패한 사람한테 날카로운 눈초리를 흘기지 않는 것처럼 비건 선언 역시 너른 아량으로 가볍게 받아주면 안 되는 걸까. 가끔 보면 깐깐한 시선으로 우리의 선택이 틀리기만을 바라는 것 같다. 비건 생활은 내 삶을 양보한 만큼 지킬 수 있는 무거운 신념이기에 누군가는 막중한 책임감을 갖고 다가서야 한다지만, 그렇게 입구를 좁게 만든다면 '비건 선언'을 외치는 사람은 몇이나 될까.

말이 씨가 된다는 말을 좋아한다. 입에서 아무리 머금고 있어도 용기를 갖고 내뱉어야 그때부터 뿌리가 생기고 견고해지는 법이니까. 개인의 행동이 모여 집단을 만들고, 집단의 생각이 하나의 흐름을 피워낸다. 그렇기에 '비건'은 매해 까먹지 않고 새해 결심처럼 조금은 더 일상적인 단어가 되어야 한다. 여러 사람 입을 통해 더 멀리, 더 깊게 공유되는 단어들은 자연스럽게 세계가 넓어진다. 예전 비건은 오직 탈육식을 뜻했다면, 요즘은 "너는 어떤 비건이야?" 라는 질문이 따라붙는 것처럼 말이다. 10초 비건, 한 끼 비건, 하루 비건이라는 말처럼 가벼운 비건들이 더 많이 늘어났으면 좋겠다. 내 비건의 씨앗은 오늘도 열심히 발아 중이다. 지금은 폭풍에 쉽게 뽑히는 잔뿌리지만 꽃을 피워내고 열매를 맺는 튼튼한 뿌리로 키워내고 싶다.

-아주 가벼운 비건 라이프 시작

1. 우유 대신 아몬드유 또는 두유 소비하기

2. 육식을 한다면 되도록 동물복지마크 선택하기

3. 비건 선언한 친구 응원해주기

4. SNS을 통해 육식 사진 포스팅 하지 않기

5. 한결 가벼워진 몸의 편안함 느껴보기

6. 하루 한 끼, 일주일에 하루 등 비건에 도전해보기

7. 다양한 비건 식단 즐겨보기

8. 기후 문제 해결에 일조하고 있다는 뿌듯함 누려보기

가벼운 비건의 시작

극단적으로 비건을 시작했더니
금단 증상이 오는 것 같아
때려치고 싶다.. 너무 힘들다..

이대로는 안되겠어!
건강하게 비건 라이프를
지속할 수 있는 방법이 없을까?

공부가 필요해..
쿠..쿨러ㅡ!

오! 육류 사진을 올리지 않거나
우유 대신 아몬드유를 선택하는 것도
비건라이프와 이어지는 거구나!

비건 &아몬 Books

비건은 탈육식만 포함되는 줄 알았는데
생각보다 실천할 수 있는 길이 많네

오!

부담감이
쑥ㅡ내려가네

나에게 맞는 방식으로
비건 라이프 시작할 수 있어요!

나도 해볼까?

당신의 도전을 기다리고 있어요!

너의 슬픈 눈을 기억해

아무리 적당히 불편하게 소소한 실천을 한다고 해도 지치는 날이 있다. 미동 없는 결과에 허탈해지고 나의 이기심에 실망하게 되는 순간들이 찾아올 때면, 나는 도쿄의 그 날을 떠올린다. 2년간 세계여행을 마치고 한국으로 귀국하기 위해 일본을 경유하던 날. 무거운 배낭을 메고 길을 걷다 무심코 한 전광판을 보게 되었다. 지나가는 사람의 시선을 압도하는 크기의 전광판 속에는 아쿠아리움을 홍보하는 물개의 얼굴이 커다랗게 담겨있었다. 귀여운 글씨체로 '아쿠아리움으로 오세요!'라고 적혀있었지만 정작 물개는 슬픈 눈으로 말하고 있었다. "집으로 돌아가고 싶어요."

일본으로 경유하기 전 우리는 갈라파고스 섬에 한 달을 머물렀다. 누구나 한번쯤 꿈꾸는 섬이자 남아메리카 동태평양에 있는 에콰도르령 제도로서 살아있는 자연사 박물관이라 불리는 섬. 찰스 다윈의 '종의 기원' 진화론의 근간이 된 갈라파고스 섬이 우리의 마지막 세계 여행지였다. 갈라파고스 입성은 순탄하지 않았다. '이렇게 오기 힘든 곳이었으면 오지 말 걸.' 후회할 정도 였으니까. 그러나 갈라파고스의 첫 발을 내딛는 순간 나는 깨달았다. 내가 지금껏 경험한 세상은 고작 1%일 지도 모른다고 말이다.

갈라파고스에서는 사람은 그저 스쳐지나가는 바 람과 비슷했다. 선착장 근처와 해변에는 일광욕과 낮 잠을 즐기는 물개들이 자유롭게 늘어져있었고 사람들 의 시선 따위는 신경 쓰지 않는 듯 유유히 헤엄치며 그 들의 삶을 누렸다. 바다 속으로 들어가면 물개와 함께 호흡을 맞춰 수영을 즐길 수 있고, 세상에서 두 번째로 작은 펭귄과 아기 상어 그리고 100년도 더 된 바다 거 북이를 볼 수 있었다. 고작 동물원과 수족관에서 만난 동물이 전부였던 내게 갈라파고스는 24시간 재생되는 다큐멘터리 그 자체였다. 더 놀라운 것은 그들 모두 하나같이 편안하고 자연스럽게 웃고 있었다. 마치 고통과 슬픔은 만난 적 없었다는 것처럼. 어떻게 이런 곳이 존재할 수 있을까.

갈라파고스에는 약 150여개의 섬이 있다. 정부의 관리하에 관광객의 출입이 철저히 관리되고 섬과 섬을 이동할 때 생태계 교란을 막기 위해 신발에 묻은 흙까지 검열을 한다. 또한 동물들을 만지거나 괴롭히면 벌금과 처벌의 수위가 굉장히 높다. 상업적 활동과 거주 역시 제한이 있다고 한다. 사람의 존재를 열심히 지운 에콰도르 정부의 노력덕분에 갈라파고스엔 경이로운 자연의 순수함이 살아있었다. 반면 철저히 사람에 의해서 관리되는 도쿄의 전광판 속 물개는 분명히 슬퍼하고 있었다. 자유롭게 수영하며 환하게 웃던 물개의 표정을 알기에 죄책감은 더 짙게 드리워졌다.

제로 웨이스트에 도전하고 비건 라이프를 알아가

면서 자연스럽게 동물권에도 생각이 닿았다. 홍성보호소에서 입양해 이제는 가족이 된 유기견 쿠키를 보며 나의 실천들이 단순히 사람만을 위하는 행동이 아님을 또 한 번 배웠다.

모든 것은 유기적으로 연결되어있다. 우리가 아침에 마주하는 미세먼지 가득한 대기도, 마스크를 쓰고 불신이 쌓여가는 날들도, 좁은 철창에 갇혀 비윤리적으로 소비되는 불쌍한 가축들도, 매일 악화되는 기후 문제도, 인간을 배부르게 먹이기 위해 일생을 쏟아내는 지구 반대편의 존재까지. 모든 것들이 촘촘히 연결되어있었다. 세상의 시계를 천천히 달리게 만드는 일은 누군가의 몫이 아닌 우리 모두의 일이다. 이제는 그 사실을 받아드려야 한다.

익숙함을 포기하고 불편함을 택하는 일은 어려운 일이고 쉽지 않다. 그러나 나의 삶을 양보하는 수준이 아닌 반드시 견뎌야하는 시간이 다가오면 너무 늦을지도 모르겠다.

비닐 한 장, 채식 한 끼부터 시작해보면 어떨까. 고작, 이라는 마음이 결코 하찮지 않음을 알아줬으면 좋겠다. 하찮으면 또 어떠한가. 아무것도 하지 않는 것보다 백배 나은 걸. 우리는 모두 공존할 자격이 있다. 당신과 나도, 지구에 사는 모든 존재들 역시.

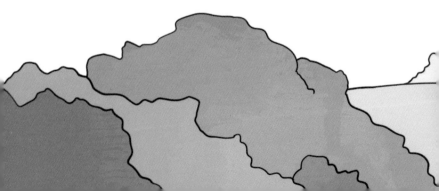

02

초록 빛 일기

Heezo(히조)

Heezo(히조)

- 메가박스 영화 〈감쪽같은 그녀〉 스페셜 포스터
- 편의점CU델라페 아트콜라보
- 야마하 아트콜라보
- 서울시립미술관 세마창고 〈오늘도 나는 일기를 쓴다〉 단체전
- 베스트셀러〈이토록 공부가 재미있어지는 순간〉,
  〈여행이거나 사랑이거나〉, 〈그런사람 또 없습니다〉 등 표지 다수
- 피엘〈Trumanshow〉, 이원우〈네가잠든후에〉등 앨범표지 다수

인스타그램 : @heezopark

오래도록 보고 싶고 간직하고 싶은 게 있다.

영원하지 않기에 더 아름다운 것들.

'내가 좀 더 너희를 아껴볼 순 없을까?'

무서워서 시작하는 제로 웨이스트

　　호기심에 눌러 본 다큐멘터리 한편.

　　파란 바다에서 아름답게 헤엄치는 잠수부의 물질 소리와 고래의 낮은 주파수 소리가 작은 작업방을 편안하게 가득 메웠다. 평화롭게 시작된 영상은 이내 이제껏 봤던 어느 공포영화보다도 더 무서운 영상을 송출했다. 일회용 잔에 담긴 콜라를 다 마시지 못하고 한참을 쳐다보다가, 악몽을 꿀까 불안한 마음으로 잠이 들었다.

핑계

'바쁜 것 좀 끝나면.'
많은 상황들 속에서 내가 항상 말하는 핑계.

오래 아껴서 보고싶은 것들

오래도록 보고 싶고

간직하고 싶은 게 있다.

영원하지 않기에 더 아름다운 것들.

'내가 좀 더 너희를 아껴볼 순 없을까?'

객석에 남아있는 것들

다양한 무대공연을 순회하는 음향감독 친구가 있
다. 공연이 끝나고 조명이 꺼진 무대에서 관객석을 바
라볼 때면 매번 마음이 아프다. 공연을 거듭할수록 집
에 돌아오는 걸음이 유독 무겁다. 친구는 그렇게 천천
히 제로 웨이스트를 시작하게 되었다.

우리의 객석에 남겨져 있던 건 무엇이었을까.

일회용품 괜찮아요. 텀블러에 담아주세요.

"어서 오세요. 주문하시겠어요?"
"아이스 아메리카노 한잔 주세요."
"테이크아웃 잔에 담아드릴까요?"
"아니요… 그…."

매일 가던 카페에 텀블러를 들고 갔지만, 소심한 나는 텀블러에 커피를 담아달라는 말이 떨어지지가 않았다. 나는 번번이 실패해 버렸다. 텀블러를 내밀며 "여기에 담아주세요." 라는 말이 왜 그리도 어색하고 어려웠을까?

어느 날은 통화를 하면서 주문을 하다가 나도 모르게 텀블러를 내밀었다. 매장 직원은 한치의 망설임도 없이 커피를 가득 담아주었다. 그리고 그녀는 내게 상

냥한 미소를 건네었다. 이를 계기로 나는 텀블러 사용
을 실천하게 되었다. 왠지 착한 일을 한 것 같은 하루.
소소한 행복.

　'정말 별 것 아니었구나.'

감사하는 삶

더 많은 것을 바라지 않고,
이미 내가 가진 것들에 감사하는 삶을 살고 싶다.

배달음식과의 이별

작업에 몰입하다 보면 밥 먹는 시간이 아까워질 때가 더러 있다. 그래도 배는 채워야 하기에 자주 배달음식을 시켜 먹는다. 배달음식 포장재가 뿜어내는 환경호르몬을 먹으며, 쓰러지듯 잠들고, 다시 커피로 나를 각성시키는 하루들… 이대로 내 건강은 괜찮은 걸까?

나에게 식사시간은 그저 허기짐을 채우기 위한 시간이었다. 하지만 그 시간들도 다 소중한 나의 일상인데, '그동안 나에게 너무 소홀했던 건 아닐까?' 하는 생각과 함께 오늘만큼은 배달음식과 헤어지기로 했다.

서둘러 마트로 향했다. 정성스레 고른 재료를 에코
백에 차곡차곡 담았다. 깨끗하게 다듬어진 재료는 프
라이팬 위에서 타닥타닥, 냄비 속에서 보글보글. 선반
에 가지런히 놓여 있는 나무 식기를 꺼내어 따뜻한 밥
한상을 내었다. 한동안 일회용 식기에 익숙했던 나는
나무 식기들이 토닥거리며 부딪히는 소리가 반갑다. 느
긋하게 나를 챙기고 나니, 몸도 마음도 함께 든든해진
다.

　　제로 웨이스트 실천과 함께 찾은 나를 위한 식사
시간. 그렇게 조금씩, 배달음식과 안녕.

사소한 선택은

대단한 실천

반짝이는 글래스비치

캘리포니아 포트 브래그 지역에 위치한 글라스 비치. 글라스 비치는 1940년대부터 지역 주민들의 쓰레기 매립지였다. 사람들은 뒤늦게 오염된 바다를 정화하기 위해 노력했지만 한계에 부딪혀 포기해 버렸다. 그렇게 이 해변은 50년이 넘도록 사람들의 기억 속에서 잊혀진다.

우리는 포기했지만, 자연은 포기하지 않았던 것일까. 무차별적으로 버려졌던 쓰레기와 유리조각들은 파도와 바람을 만나 수십 년간 둥글게 둥글게 마모되어 보석보다 더 아름다운 바다 유리가 되었다. 반짝이는 바다 유리들은 해변을 눈부시게 가득 채웠고, 이 해변은 세계에서 가장 아름다운 해변이 되었다. 사람이 버린 쓰레기를 아름다운 보석으로 만들어 돌려준 자연.

이제 우리가 돌려줄 것은 무엇일까?

세상에서 가장 따뜻한 이유

제로 웨이스트를 실천하게 된 많은 사람들의 다양한 이유들 중에서 유독 많았던 이유. 아름다운 자연을, 푸른 바다를, 귀여운 동물을, 나의 가족을, 자신을, 내 삶을, 내 세상을….

'사랑하기 때문에'

안　녕

우리의 세상이 언제나

안녕하길 바라며.

가끔 이 세상이 나에겐 선물 같다.

봄이 오면, 나뭇잎에 촘촘히 맺힌 분홍 잎을
올려다보며 목이 아픈 줄도 모르고 종일 설렌다.

푸른 잎을 틔우는 여름의 싱그러움은
이유 모를 에너지로 나를 가득 채운다.

가을은 세상이 내어줄 수 있는 모든 색을
나에게 아낌없이 내어주는 것 같고,

코 끝 시린 겨울이 찾아와
고요하게 흰 눈이 내릴 때면
다시 한 번 봄을 맞이할 수 있는
정갈한 마음을 만들어 준다.

03

게을러도 조금씩

요니킴

요니킴

여행을 좋아하는 집순이.
일상과 상상 속의 여행을 따스한 색으로 기록하는 일러스트레이터.
여행지에서의 추억을 다채로운 일러스트로 풀어내면서도
소소한 일상과 공감가는 이야기로 즐거움과 위로를 건넵니다.
개인 작업 및 다양한 기업과 콜라보하며 활동하고 있으며
〈캐나다 떠나보니 어때〉, 〈자고싶다〉 그리고 썼습니다.

인스타그램 : @yony_house
블로그 : https://blog.naver.com/yeonii5
메일주소 : nayeon798@gmail.com

처음에 어렵게 느껴지던 일도

조금만 관심을 갖고 하나씩 바꿔나가다 보면 ·

점차 일상이 되어있을 거예요. 마치 습관처럼요.

주변에서 종종 들려오는 환경오염에 대한 소식들.

매년 문제가 더 심각해지는 게 실감이 났다.

맨날 마스크 쓰고!
파란 하늘도 못 보고!

답답하고 화가 났지만

그것도 잠깐. 뒤돌아서면 금세 까먹었다.

가는 길에 문방구에서
선물 포장지 사야지!

나는 환경에 관심이 있으니까

- NEWS -
발리의 해변이
쓰레기로 뒤덮여..
열 나라에서..

으이구!
다른 나라는 왜
분리수거도 안 하고
막 버리는 거야!

괜찮다고. 다른 누군가가
더 잘해야 하는 문제라고 여겼다.

하지만 그것은 내 착각과 오만이었다.

환경에 대한 내 관심도는 어느 정도일까?

1. 나는 장을 보러 갈 때 '이것'을 챙긴다.
2. 나는 카페에 갈 때 '이걸' 챙겨 간다.
3. 나는 쇼핑할 때 '이렇게' 한다.
4. 비닐을 쓸 때 '이런' 감정을 느낀다.
5. 음식을 먹을 때 '이런' 생각을..

이중에 내가 해당되는 게..

꼬글
꼬글

매우 찔림..

'분리수거만 잘하면 되지!' 라고 생각했다.

다시 우리에게 되돌아오는 순환구조.

나와 내 가족이 살아가는 세상이
눈에 띄게 빠르게 변하고 있으며

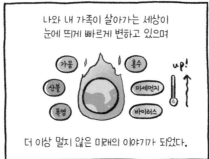

더 이상 멀지 않은 미래의 이야기가 되었다.

내 멋대로 미니멀라이프

미니멀 라이프

일상생활에 필요한 최소한의 물건만을
두고 살아가는 삶을 일컫는 말

미니멀 리스트

어떤 목적 등을 이루는 데 필요 이상의 것을
완전히 억제하려는 사람을 일컫는 말

평소에 깔끔한 집에 관심이 많지만

나도..

엄마.. 나 저렇게 살아보고 싶어.

소소하게 돈 쓰는 걸 즐기고 게을렀기에
늘 집안 곳곳에 물건이 쌓아놓고 살았는데

이거 또 뭐야?
똑같은 거 집에 있어!

그래?
좀 달라!

이참에 비우는 삶을 시도해보기로 했다.

미니멀 리스트가 되기 위해 가장 먼저 한 일은

뒤죽박죽 흩어져 있던 물건을 다 끄집어낸 후

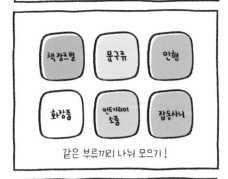

책 장르별	문구류	인형
화장품	인테리어 소품	잡동사니

같은 부류끼리 나눠 모으기!

한눈에 보이게끔 정리를 해놓고 보니까

아 더워..

대강 정리가 된 것 같은데?

계획을 수정하기로 했다.
나에게 맞는 미니멀 라이프로 살아보기로.

이거 다 버리면
쓰레기만 더 나오는 거잖아.
어느 정도만 정리하고
앞으로의 소비를 줄여보자.

우리는
안 버리는
거야?

적당한 선에서 타협하고 나니까
부담도 줄고, 실천하기가 좀 더 수월했다.

요니!
인형 뽑기 할래?

놉!
우리 집에 충분히
인형 많아.

이거 귀엽다!
사고 싶어!

아니야.
이미 차고 넘쳐
있는 것부터 다 쓰자.

그럼에도 종종 갖고 있는 물건을 까먹고
또 구매할 때가 있어서 요즘은

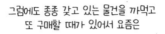

다 적어놔야지!

매일 들고 다니는 핸드폰 메모장을 활용한다.

사고 싶은 것 ── 당장 급한지 한 번 더 생각

구매한 것 ┌ 사용중인 것
          └ 쟁여놓은 것

그만 살 것 ── 운동화, 옷, 악세서리, 화장품,
              인형, 문구, 인테리어 소품 중에
              충분히 넘치는 것

과소비도 줄고!
쓰레기도 줄고!
여러모로 좋네!

나한테 꼭 필요한 물건인가요?
보여주기 식의 소비는 아닌지
혹은 기분을 위한 충동구매는 아닌지
구매하기 전에 한 번 더
생각하고 구매해요 우리.

계절이 바뀌면 모두가 하는 말.

악! 입을 옷이 없어!!

보통 입을 옷이 없다는 말의 뜻은 다양하지만

이상해. 분명히 작년에 많이 산 거 같은데..

새 옷을 구매할수록 동시에 안 입는 옷도 늘어갔다.

뭐지? 나한테 이런 바지가 있었어? 기억에 없는데?

오잉?

네가 산 거 맞아!!

충분히 있음에도 계속해서 새 옷을 사는 이유를
하나씩 짚어보기로 했다.

1. 비슷한 옷이 있는지 모르고 구매했을 때
2. 싸다는 이유로 안 좋은 재질을 구매했을 때
3. 체형은 생각 못하고 유행 좇아서 샀을 때
4. 친구와 같이 쇼핑하다 판단력이 떨어졌을 때
5. 언제 입을 건지 생각 안 하고 이뻐서 샀을 때

우선 갖고 있는 옷을 색깔별로 정리하고 보니

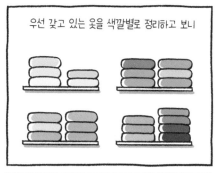

비슷한 느낌의 옷이 꽤나 겹쳤다.

베이지색 니트
사고 싶었는데
이미 많잖아?

도대체
하늘색 옷은
몇 벌이야?

한결같은 취향

다음엔 묵혀놨던 옷 몇 벌을 꺼내 입었다.

간혹 내 체형에 맞지도 않은데
이쁘다는 이유로 사놓은 옷이었고

도저히 입을 수 없는 건 과감히 치웠다.

특히나 친구와 같이 쇼핑을 하면
이런 실수가 더 잦았다.

귀가 얇은 사람이 혼자서 쇼핑해야 하는 이유.
판단력이 흐트러져 꼭 엉뚱한 옷을 사 온다.

처음에는 시행착오가 많았지만
자주 입는 옷, 나에게 어울리는 스타일을
알아가면서 옷 소비도 조금씩 줄어갔다.

그리고 정리 잘하는 팁 중에
'1년 넘게 입지 않은 옷은 버려라!'라는 말
한 번쯤 들어보셨죠? 저는 생각이 좀 다른데요.
한 철 잠깐이라도 잘 입고 좋아한 옷이었다면
오래 갖고 있어도 괜찮다 생각해요!

아예 안 입는 옷
치우는 거와 별개로!

그거 이제 버려!
입지도 않으면서!

좋아했던 옷이야!
멀쩡한데 왜 버려!
언젠가 입을 거야!!

언젠가 그 옷을 입는 날이 정말 온다.

7년 만에
청반바지

2년 만에
패턴 바지

4년 만에
빨간 패딩

환경을 위해 적게 소비하고
적게 갖고 있으면 좋겠지만
굳이 갖고 있는 물건을 다 비워내면서
쓰레기를 만들어낼 필요가 있을까요?
오래 갖고 갈 수 있는 건
최대한 오래 가져가요!

나는 한 달에 1~2번, 친구는 일주일에 2~3번
얼굴에 팩을 하곤 하는데

꿀피부를 위한 투자

20분만 쓰고 버리는 팩이
가끔은 거창하고 아깝게 느껴졌다.

1주일 2번 × 한 달 × 일 년 = 96 개

그래서 더 자주 팩을 하고 싶은 날에는

내 입맛대로 건강한 영양팩을 만들어 쓴다.

부엌에서 쉽게 구할 수 있는 재료로 뚝딱!

있는 거 다 섞으면 되니까 만들기 쉽고

원하는 만큼 양도 조절 가능하다.

우리는 더 이뻐지려고
A부터 Z까지 바르잖아요.
그런데 전부 다 바른다 해서
우리의 피부가 정말 더 좋아질까요?
'넘치는 것보다 부족한 게 더 낫다.'
라는 말이 있잖아요.
건강한 재료로 건강한 피부를
먼저 만들어 보는 건 어때요?
그러면 A부터 D까지만 발라도
만족스러운 날이 올 거예요.

에코백을 좋아한다.

가벼운데 많이 들어가고 원하는 그림을 골라 들고 다니는 재미도 있고!

실용적인 데다가 자연스러운 멋도 낼 수 있어서 자주 들고 다니는데

에코백을 좋아하는 사람이라면 그렇듯 여러 디자인을 소유하고 있다.

차곡차곡 모아 온 에코백의 역사들

그리고 최근에 안 불편한 진실.

아무래도 만들기 쉽고 가격도 저렴해서
무분별하게 뿌려지는 게 문제인듯했다.

제로웨이스트 샵에서의 첫 구매는 대만족이었다.
그중에서 가장 만족스러웠던 건

플라스틱이 안 나와서 좋은 건 물론이고

피부에 좋지 않은 합성 계면 활성제 대신
천연비누에서 나오는 풍성한 거품이 마음에 들었다.

게다가 설거지가 끝나고 나서도

손이 건조하지 않아 로션 바를 필요가 없는 점

그릇에 남아있는 잔류 세제를
걱정하지 않아도 된다는 점까지 최고였다.

우리가 1년 동안 먹는 세제의 양 = 소주 2~3잔

주방비누가 매우 만족스러웠던 나는

저 비누 좋으니까 설거지할 때 써봐! 꼭!

주변인들에게 적극 추천했는데

처음에 시큰둥하던 가족들도

뭐 어떻게 쓰는건데? 이걸로 설거지하면 돼?

모두 만족하고 잘 쓰고 있다는 후문.

딸! 이거 괜찮은데? 비누 계속 쓰자! 또 사와라!

잘 몰라서 그렇지
우리가 조금만 관심을 갖고
하나씩 바꿔 나가다 보면
처음에 어렵게 느껴지던 일도
점차 일상이 되어있을 거예요.
마치 습관처럼요.
그럼 오늘부터 내 주변의
작은 것부터 바꿔볼까요?
조금씩 같이 해 나가요.

요즘 집에서도 비누
만들어 쓰기도 한다잖아.
우리도 만들어서 쓰자!
네가 한번 만들어봐!

응.. 근데 사는 게
더 빠를 수 있어.

04

——

고양이를
좋아하세요?

고양이다방

고양이다방

가슴 말랑해지는 두 가지, 고양이와 커피를 그리는 일러스트레이터 고양이다방입니다. 디자인 문구 브랜드의 프리랜서 일러스트레이터로 생활을 하다 길고양이였던 밤톨이와의 운명적인 만남 이후 고양이 문구 팬시 작가로 활동 중입니다. 제가 고양이한테서 받은 위로와 말랑한 마음들을 다양한 고양이의 모습들로 많은 사람들에게 전달해드리는 작업을 계속해서 그려나가려 합니다.

(주)김영사 「대집사고양이상담소」, 「안녕, 나의 고양이」 일러스트 담당

인스타그램 : @catdabang

동물원에 반대하고 모피를 금지하고

길 위의 생명에게 학대와 멸시가 없는 세상.

나의 이상향은 거기서부터 시작된다.

나도 이제 고양이가 있다

어릴 적 내 꿈은 고양이를 키우는 것이었다. 즐겨 보던 만화 잡지의 작가들은 전부 고양이를 키우고 있었고 때로는 애교 넘치게 때로는 멀찍이 앉아 내 곁을 조용히 지켜줄 것 같은 고양이는 아름다운 꿈의 대상이었다. 독립하기 전엔 절대 키울 수 없다는 부모님의 명에 그저 랜선 집사로 우리 집엔 고양이 없어를 외치며 투명 고양이를 잘 키우기 위한 온라인 육묘에 집착한 지 10여 년 끝에 결혼 후 고양이를 들일 수 있게 되었다. 이 고양이를 만난 날에 대해 이야기를 해보자면 이건 마치 운명이고 필연이라고 할 수 밖에 없다.

2017년 12월 13일 새벽 2시, 어디선가 작게 고양이 우는 소리가 들려오는 밤이었다. 이사를 온 곳은 큰 천이 있어 강아지를 키우고 산책시키는 주민들이 많아서인지 동네 고양이에게도 다정하고 해코지 없는 인심이 좋은 동네였다. 종종 새벽엔 고양이들의 왱아 거리는 소리가 들려왔던 터라 크게 신경 쓰지 않고 있었는데 여느 때와는 다르게 그 소리는 멀어지지도 가까워지지도 않고 20여 분 동안 계속해서 들려왔다. 웬만해선 그 새벽에 나가서 확인할 일이 없는데 그날따라 기분이 이상했다. 마치 나를 부르는 것 같았다.

"잠깐 밖에 살펴보고 올게"

현관문을 열자 창고 앞 세워진 유모차 밑에 고양이 한 마리가 몸을 동그랗게 말고 작은 소리로 야옹-하며 나를 올려다보았다. 그날은 영하 13도, 체감온도 영하 17도의 강추위가 찾아온 날이었다. 얼마나 추웠으면 이리로 들어와서 이러고 있을까. 따뜻한 물을 주기 위해 현관문을 열어두고 집안으로 다시 들어왔는데 이 녀석이 뻔뻔스럽게도 집 안으로 불쑥 따라 들어왔다. 따뜻한 물과 물에 삶아 꼭 짠 참치를 몇 조각 먹은 후 고양이는 조심스레 거실을 휘이 한 바퀴 돌며 구경을 하고 곧장 바닥에 놓여있던 극세사 이불에 꾹꾹이를 하기 시작했다.

원래 이런 건가? 길에 사는 고양이들은 사람을 피하기 바빴는데 오늘 처음 만난 낯선 고양이가 얼굴을 쓰다듬어도 얌전하고 계속해서 무릎으로 올라오려 하다니! 고양이는 물도 마시고 밥도 먹고 따뜻한 이불에서 뒹굴고 현관 앞에 있는 빈 귤 박스에 들어가 스크라쳐도 했다. 그러다 만족하고 나가고 싶어졌는지 갑자기 현관문을 긁으며 크게 울었다. 늘 고양이를 키우고 싶었지만 이렇게 갑작스러운 상황은 생각 못 했던 나는 문을 다시 열어줬고 고양이는 뒤도 안 돌아보고 쏜살같이 차가운 새벽의 어둠 속으로 사라졌다.

밤새 나는 나에게 잠시 들렸던 작은 온기에 대해 생각했다. 고양이를 키울 준비가 되어 있는가? 생명이 다하는 날까지 책임질 자신이 있는가? 생각하는 동안 눈 앞에는 꼬질한 이 고양이가 아른거렸다. 나는 곧바

로 고양이가 잠시 몸을 담았던 귤 박스를 집 근처 구석
진 곳에 가져다 두었다. '오늘 이 박스에 고양이가 들어
와 있다면 키울 거야.'

　　오후 6시쯤, 박스를 살피러 나가보았다. 뽁뽁이로
박스에 지붕을 만들어 두었는데 입구 쪽에 낯선 그릇
이 들어있었다. 길냥이 집을 만들어 둔 것 같아서 누군
가가 사료를 담아 박스 안에 넣어둔 모양이었다. 그릇
을 꺼내려고 손을 집어 넣었는데 냐아- 하며 작은 울
음 소리가 들렸다. 어제 그 고양이가 들어가 있었다. 갑
자기 심장이 쿵쾅거리기 시작했다. 이 박스에 들어있다
면 입양하리라 다짐했는데 막상 그 고양이가 정말 들
어있자 긴장이 되어 손 끝이 차가워졌다. 망설임도 잠
시. 박스를 들어 가슴에 꼭 안고 집으로 달렸다.

　　갑자기 집 근처에 나타난 TNR이 되어있는 어두운
삼색의 고양이. 그렇게 이 고양이는 나의 모든 것, 우리
집 밤톨이가 되었다.

그럼 고양이를 어디서 사?

가끔 올리는 sns를 통해 고양이를 키우고 있다는 게 주변 지인들에게 여기저기 알려졌을 무렵 남편이 불쑥 고양이 사진을 하나 내밀었다. 이제 막 3~4개월쯤 되어 보이는 귀엽기로 유명한 종인 아기 고양이었다. 고양이를 키우고 싶었던 지인이 130만 원이라는 돈을 주고 펫숍에서 데려온 고양이라는데 데리고 와보니 고양이 알레르기가 있어서 키울 수 없을 것 같다며 마침 너희 집에 고양이 키운다길래 한 마리 더 키우면 어떻겠냐고 30만 원에 사둔 고양이 물품들까지 넘기겠다는 연락을 받았단다.

저 3줄 남짓의 문장은 나를 분노에 휩싸이게 하기에 너무나도 차고 넘치는 내용으로 가득 차 있었다. 품종묘를 아무런 거리낌 없이 펫숍에서 사 온 것, 본인의 알레르기 유무도 확인하지 않은 채 고양이를 데리고 온 것, 하나의 생명을 책임지겠다는 의지는 커녕 아무 죄의식 없이 파양하려는 태도까지.

밤톨이는 처음 만났을 때의 뻔뻔함은 온데간데없이 초인종이나 노크 소리만 들려도 꽁지가 빠지게 숨어 덜덜 떠는 아주 겁 많고 예민한 고양이었던 탓에 둘째를 들이고픈 마음도 없었고 이런 식의 품종묘를 떠안는 건 사양이라 거절했다. 그 후로 그 고양이가 어떻게 되었는지는 모른다. 그리고 그건 가끔씩 생각나 내 마음을 저릿하게 한다.

얼마 전 본가에 갔을 때 나를 깜짝 놀라게 한 것이 하나 있었는데 집 근처에 4층짜리 빌딩을 통으로 쓰는 어마어마한 규모의 펫숍이 생겨있는 것이었다. 이 이야기를 남편한테 하자 돌아오는 첫 대답은 "그럼 내가 고양이를 키우고 싶어지면 고양이를 어디서 사?"

고양이를 키우기 전까지 끊임없이 고양이에 대해

공부했던 나는 당연히 고양이를 들이는 통로는 유기묘 보호소에서 입양을 하거나 길거리 캐스팅을 하거나 길냥이에게 간택당하거나 이 세 가지 밖에 없다고 생각해왔는데. 아, 이게 정말 보통의 시각이구나 싶어 머릿속에 띵 하는 소리가 났다.

평소 나는 품종묘(견도 마찬가지)의 유행과 전시에 극도로 예민하다. 「**어느 유명인이 이러한 품종묘를 기른다더라 너무 귀엽다**」는 곧 그 종의 수요를 충족하기 위한 공급, 까놓고 말하면 <농장에서 새끼 빼기>가 자행될 확률이 커지기 때문이다. 전문 브리더란 것에 대해 경각심을 가져야 한다. 펫숍을 지양해야 하는 이유인데 영문도 모른 채 평생을 뜬 장에 갇혀 임신과 출산만을 반복하다 평균수명보다 짧게 사라져가는 아이들이 있다는 사실을 그저 귀여운 아기동물에게 가려져 모른 척 하는, 아니 모른 척 하고 싶어 해서는 안 된다.

특정한 종을 위한 교배가 유전병을 자아낸다는 사실은 이미 널리 퍼져있다. 고양이들의 특성을 배제한

채 다리가 짧아 높은 곳에 못 올라가는 종이라든지 발가락 기형이 잦아 스크래쳐를 맘껏 긁지 못하는 종을 만들어내고 전시하는 것을 비난하지 말라고 한다면 직접 묻고 싶다.

그래서 고양이 사 온 거야?

이 질문에 당당하게 대답을 못한다면 그것이 옳거나 긍정적인 행위가 아니라는 것을 본인도 인지하고 있어서가 아닐까. 그건 곧 관심을 좀 더 가지고 펫숍에서의 구매를 중단한다면 좁은 케이지에서 강제 교배를 당하고 있는 수많은 고양이, 강아지가 사라질 수도 있는 한 걸음이 될 수도 있다. 종종 인터넷에선 펫숍에서 사 온 어린 강아지나 고양이가 바로 아파 병원비가 많이 들어간다며 교환이나 환불을 하고 싶다는 고민 글을 접하곤 한다. 쇼핑을 하듯이 돈을 지불하고 사 온 생명은 그렇게 쉽게 생각 될 확률이 높다. 내가 돈을 냈으니 내 마음대로 처리해도 된다는 오만한 마음이 또 한 마리의 생명에게 영혼의 상처를 낼 수 있다. 반려

동물을 들이는 일은 또 하나의 가족을 들이는 일이다. 알레르기가 있지는 않은 지, 실업, 결혼, 이사 등의 인생에 크고 작은 변화가 생길 때도 변함없이 이 아이와 함께 할 것인지, 내가 이 아이의 생명이 다 하는 날까지 함께 할 수 있을지를 진지하게 생각해 본 후 들이는 것을 추천한다.

펫숍에서의 구매를 정당화하며 유기 동물의 입양을 꺼리는 이유는 다양하다. 첫 주인으로 아기 때부터 키우고 싶어서, 파양의 기억이 있는 동물들은 마음을 잘 안 열 것 같아서, 유기 동물들은 키우기 까다롭거나 '예쁘게' 생기지 않아서. 당연히 유기와 파양 또는 학대의 기억이 있는 동물들은 아무런 상처 없는 동물들보다는 유대관계를 쌓기에 힘들고 불편할 것이다. 하지만 그 아이에게 차갑고 아픈 세상 대신 이렇게나 따뜻한 세상이 있다는 걸 천천히 알려주는 것, 그런 아이들에게 지붕과 울타리가 되어 주는 것이 얼마나 보람찬 일인지.

거친 굳은살이 박혀있던 발바닥이 어느덧 말랑말랑해진 밤톨이의 젤리를 만질 때마다, 이제는 노크나 벨 소리가 들려도 침대에 누워 느긋하게 누워 꼬리만 까딱거리는 밤톨이를 볼 때마다 되새겨진다.

도둑고양이와 동네고양이

길고양이를 부르는 호칭은 정말 다양하다. 예전에는 고양이에 대해 부정적인 시각이 많아 도둑고양이라고 불리었었다. 현재는 길고양이라는 호칭이 조금 더 흔해졌고 언제부터인가는 동네 고양이라는 애정 가득한 애칭으로 불리기도 한다.

몇 년 전 태국에 여행을 간 적이 있었다. 관광지를 구경하거나 숙소 앞을 걷고 있을 때 눈에 제일 많이 들어온 건 사람을 피하려고도 경계하지도 않는 고양이들이었다. 한국과는 다르게 중형 사이즈의 개들도 주인이 있는 건지 없는 건지 자유롭게 돌아다니고 그 개와 고양이들을 사람들은 쫓아내지도 위협하지도 않았다. 아직은 부족하다고 하지만 사실 길고양이를 대하는 인식이 많이 좋아졌다고 몸소 체감할 때도 많다. 구석에 있는 급식소에 앞다투어 간식을 가져다 두는 얼굴도 모르는 사람들, 급식소를 치워주고 돌아설 때면 좋은 일 한다고 웃어주시던 동네 어르신들, 번화가 구석에서는 급하게 편의점에서 사 온 캔을 까주며 길고양이에게 맛있는 한 끼를 대접해 주는 어린 학생들을 자주 목격한다. 하지만 아직도 쓰레기를 뒤져 골목을 어지럽게 한다며 고양이만 보면 쫓아버리기 일쑤인 사람들부터 캣맘에 대한 안 좋은 시선과 폭력적인 언행, 더 나아가 길고양이에 대한 학대는 아직도 빈번하게 일어나고 있는 일이다.

고양이의 평균 수명은 강아지와 비슷한 15년에서 20년 정도인데 길고양이들의 수명은 3년 정도밖에 되지 않는다고 한다. 길고양이들은 로드킬이나 학대의 위험, 영역 싸움으로 인한 상처나 질병, 굶주림과 추위에 항상 노출되어 있다. 고등동물이라는 이유로 인간의 입맛대로 정해지는 세계에서 길고양이들이 공존하기 위해서 해주어야 할 일이 있다. 바로 TNR이다. TNR

은 길고양이의 개체 수를 적절하게 유지하기 위해서 길고양이를 포획하여 중성화 수술을 한 뒤 원래 포획한 장소에 풀어주는 활동이다. 더 이상의 임신과 출산에 노출되지 않아 평균수명도 길어지고 발정기로 인한 소음 발생도 적어 평화로운 공존을 가능하게 해 주는 활동이다.

우리 고양이도 처음 병원에 데리고 갔을 때 추정 연령이 한 살에서 한 살 반 사이였는데 어떤 고마우신 분의 도움으로 TNR을 받고 나를 만나기 전까지 건강하게 밖에서 지낼 수 있었다고 생각한다. TNR을 한 고양이는 또 다시 수술대에 오르는 일이 없도록 수술을 받았다는 표시로 왼쪽 귀 끝을 살짝 커팅 한다. 밤톨이도 귀 끝이 잘려있는데 이마저도 사랑스럽기 그지없다. 차가운 길에서 강인하게 버틴 증표처럼 느껴진다. 종종 나는 밤톨이를 용맹한 고양이라고 부른다.

용맹한 고양이! 어딜 그렇게 또 당당하게 돌아다녀~

꼬리는 하늘로 치솟아 여기저기 자기 냄새를 묻히고 집안 구석구석을 돌아다니는 게 웃기고 귀엽다. 물론 나랑 있을 때 한정인 게 제일 웃기는 부분이다.

도둑고양이라는 호칭이 어느샌가 길고양이로 바뀐 것처럼 시간이 지나면 동네 고양이로, 마스코트들이 되어 누구에게나 사랑받고 환영받아 인간과 공존하는 고양이들로 한 번 더 인식이 바뀌기를 기대해본다.

길고양이를 길들이려 하지마세요

그렇게 길고양이를 우연히 내 평생의 반려묘로 들이게 된 후로 신경 쓰이는 것이 한 가지 생겼다. 바로 밤톨이와 같은 길고양이들. 이상한 이유지만 세상 모든 고양이를 돌보지 못해서 죄책감이 올까 봐 쉽게 캣맘을 시작하지도 못했다. 밤톨이 하나의 묘생을 바꾸어준 것에 만족하면서도 다른 길고양이들이 너무나도 눈에 밟혔다. 또 하필이면 이사 온 곳엔 사람을 잘 따르는 고양이들이 여러 마리 살고 있었다.

길고양이가 사람을 잘 따르면 좋을까? 물론 귀엽고 애교 넘치니 사랑도 받고 인기도 얻어 풍족한 사료와 간식을 누릴 수도 있다. 그만큼 그 고양이는 사람을

위험하다고 생각하지 못해 뜻하지 않은 학대의 위험에
노출될 수도 있다.

　바로 길고양이 자두에 관한 이야기이다. 인스타로
DM이 하나 도착했다. 불쌍하게 죽은 자두를 위한 청
원에 동참해주세요.

　경의선 숲길에 있는 상가에서 다 같이 돌봐주던 길
냥이 자두는 사람들의 넘치는 애정과 관심 덕분에 사
람을 무서워하지 않고 잘 따르는 고양이였고 바로 그
덕에 목숨을 잃게 되었다. 자기를 해치러 온 줄도 모르
고 낯선 사람이 가까이 와도 자두는 도망도 안 가고 맑
고 예쁜 눈으로 바라볼 뿐이었다. 당연히 자두의 잘못
도 자두를 돌봐준 사람들의 잘못은 하나도 없다. 잘못
은 오로지 애꿎은 화풀이를 약자에게 푼 가해자에게만
있다. 하지만 경계심이 허물어지면 이렇게 목숨이 위협
받는 상황이 언제든지 생길 수 있기 때문에 길고양이
가 사람 손을 타는 게 위험하다는 걸 조금은 인지해 주
길 바란다.

나는 외출할 때 가방이나 주머니에 고양이에게 간단하게 줄 수 있는 간식을 가지고 다니는데 길고양이를 만나면 멀찍이서 간식을 까서 놔주고 자리를 떠난다. 고양이가 먹지 않고 가버릴 땐 쓰레기가 될 수도 있으므로 물어가는지 아닌지를 멀리서 지켜본다. 고양이는 낯선 사람이 멀어지면 대체로 곧장 킁킁대며 간식을 먹는다. 고양이의 감사와 애교는 필요 없다. 배고픈 인생의 길고양이에게 하루 한 끼 정도는 먹게 해주었다는 나 스스로에게 주는 작은 위로 정도면 충분하다.

세상모든
고양이들이
행복하길

애틋함은 다양해

나는 고양이 얘기만 나오면 달려들어 몇 시간이고 고양이의 생과 사에 대해 이야기하는 사람이 되어버렸는데 그럴 때 간혹 듣게 되는 이야기가 있다. 고양이는 강아지처럼 사람 알아보거나 안 따르지 않아? 세상엔 수많은 굶는 사람들도 있는데 왜 고양이만 챙겨? 고양이가 귀여워서 그래? 오 심지어는 고양이 외모가 파충류처럼 생겼어도 고양이 돌볼 거야? 라는 말까지.

고양이에 대한 오해와 일반화는 나를 당혹스럽게 만들곤 한다. 일단 고양이는 사람을 엄청 따른다. 외로움도 많이 타고 놀아주지 않으면 울거나 스트레스를 받아 한다. 이름을 부르면 다른 방에 있다가도 꼬리를 세우고 쪼르르 달려오고 하루 종일 만져달라 엉덩이 두들겨달라 끊임없이 애정을 갈구한다. 24시간 고양이와 함께하다 보니 내 애틋함의 대상은 고양이가 되었다. 그리고 그건 고양이들의 묘권에 촉각을 세우고 예민해하는 사람으로 나를 바꾸어 놓았다. 내가 다른 사회 문제를 무시해서가 아니라 내 삶에서 가장 소중한 대상이 고양이이기 때문에 고양이를 둘러싼 환경 변화 문제를 야기하는 게 우선 순위가 되어버린 것이다.

이 책에 담긴 내용처럼 내가 꿈꾸는 이상적인 세상을 만들기 위해서는 다양한 방법이 존재한다. 나는 플라스틱 사용을 줄일 수도 있고 채식을 할 수도 있으며 과소비를 줄여 버려지는 물건을 줄일 수도 있다. 내가 제일 소중하게 여기는 이상은 동물과 공존하는 세상이다. 동물원에 반대하고 모피를 금지하고 길 위의 생명에게 학대와 멸시가 없는 세상. 나의 이상향은 거기서부터 시작된다.

무지개다리를 건널 때까지

너무 뻔하지만 당연한 말이 있다.

#사지말고 입양하세요

최근 어느 한 연예인은 어린 강아지를 입양하고 강아지 이름으로 된 SNS 계정을 개설하여 끊임없이 애정을 전시하고 사지 말고 입양하라는 해시태그를 당당하게 달았다. 그러나 몇 개월 후 입양 조처에 그 강아지는 파양이 되어 돌아왔고 이 소식이 알려지자 구구절절한 변명으로 또 하나의 파양 사건은 마무리가 되었다.

유명인이 입양을 홍보하는 것, 유명인의 반려동물이 미디어에 노출되는 것의 영향력은 어마 무시할 정도이다. 방송에서의 찰나의 귀여움으로 강아지를 덜컥 입양했다가 몇 년 뒤 그 종의 유기견 비율이 몇 배로 뛰었다는 얘기는 소름이 끼칠 정도이다. 그 뒤엔 당연히 그종의 수요를 맞추기 위한 대공장이 가동되었음은 뻔한일이고.

사지 말고 입양하자, 이 짧고도 당연한 문장에 숨겨진 내용이 있다. '끝까지 책임질 수 없으면 입양도 하지 말자'이다. 반려동물을 들인다는 건 단조로운 일상이 크게 달라지는 일이다. 사료, 장난감, 병원비를 감당하는 것, 긴 여행을 포기하는 것, 매일 매일 화장실을치우고 아픈 곳은 없는 지 꼼꼼하게 돌봐주는 것, 만약강아지를 키운다면 산책 또한 빠질 수 없다.

내가 주기적으로 하는 구체적인 상상이 몇 개 있다. 하나는 만약 집에 불이 나거나 지진이 나면 밤톨이를 어디에 어떻게 담아 무엇을 가지고 피난을 할 지, 밤톨이가 크게 아플 때를 대비해 병원비를 모으고 있는데 혹시 돈이 부족하면 어디서 어떻게 융통을 해올 건지, 이 아이가 무지개다리를 건너는 날엔 어떻게 행동해야 할 지. 예고 없이 닥쳐올 상황을 끊임없이 시뮬레이션하고 어떠한 상황에서도 이 아이를 포기하지 않겠다는 다짐을 하고 반려동물을 들여야 한다.

유기묘센터에 봉사활동 차 방문을 한 적이 있었는데 보통 낯선 사람을 두려워하고 피하는 일반적인 고양이와 다르게 끊임없이 애정을 갈구하고 서로 무릎 위로 올라오겠다고 꾸역꾸역 세 마리가 올라오는 걸 보고 너무 깜짝 놀랐었더랬다. 마음의 상처가 있는 아이들은 사람을 피할 거라는 편견이 나에게도 있었나 보다. 이 아이들이 입양과 파양으로 두 번, 세 번 상처가 파헤쳐 지는 일만은 남은 생에 절대 없기를 기도했다.

작은 털 뭉치가 주는 일상의 위로와 조건 없는 애정은 겪어보지 않으면 절대 모르는 거대한 사랑이다. 유기 동물에 대한 나의 생각들이 조금 까다롭고 예민해 보일 수 있겠지만 버려지는 생명들의 수가 점점 줄어주기만 한다면 나는 앞으로도 고양이들을 위해 더한

쓴소리도 할 수 있다. 이 글을 읽는 한 사람만이라도 생명은 쇼핑하듯 사 오는 게 아니라는 것을, 귀엽고 예쁘다는 이유로 품종묘를 데려와 전시, 소비하는 행위를 지양해 준다면 정말 감사할 것 같다.

04

너네만 지구에
살고 있냐?

고센

고센(goshen)

아름다운 자연 속에 따스함을 그림으로 담아내는 프리랜서 일러스트레이터. 다양한 분야에서 일러스트레이터로 활동하다 현재는 오일파스텔의 매력에 빠져 인스타, 유튜브 등에서 따스한 풍경과 꽃, 동물 등을 그리며 고센의 그림정원을 예쁘게 가꾸어 나가고 있다. 자연을 그리다보니 자연스럽게 환경에 대해 관심을 가지게 되었고, 그속에서도 우리가 무심코 지나쳤던 동물들이 처한 환경문제에 대해 특히 주목하고 있다.

또한 다양한 플랫폼에서 온라인 및 오프라인 강의를 하며 사람들에게 '자연을 그리는 즐거움'에 대해 얘기하고자 한다. 그 밖에도 일러스트레이터로 다양한 기업 또는 작가들과 협업 작업을 하며 그림으로 세상과 소통하는 작업을 하고 있다.

이메일 : cose2320@naver.com
유튜브 : 고센 goshen illust
인스타그램 : @goshen_illust

동물과 사람을 따로 떼어놓고 볼 수 없듯이

동물의 환경문제는 결국 부메랑처럼

우리에게 돌아오게 될 거예요.

우리는 주위 환경을 바르게 파악하는 것이 중요해서
창문같은 것이 코앞에 오기 전까지는
잘 알아차리지 못한다는 것을 인간들이 모르는게지!

게다가 철새들은 별과 달로 방향을 확인하고
날아가는데 어떨 땐 뭐가 별인지 구분이 안간다니깐

빛에 이끌려 가다보면
어디가 어딘지
전혀 알 수 없게 되버려서
밤새 엉뚱한 곳을 날고
너무 힘들다구

어떨 땐 눈을 뜨고 있어도 눈이 먼 기분이라니깨

너 거기 있고~
나 여기 있지~

눈을 잃어가고 있는 새들

언젠가 'TV 동물농장'에 나오는 '박새 집단 사망 미스터리'라는 영상을 본 적이 있어요. 한 건물에서만 매일 수십 마리가 잘못 부딪혀서 죽는 것이 아니라 전 속력으로 날아와 창문에 머리를 박고 죽는 영상을 보며 순간 CG가 아닐까 하는 생각이 들 정도였어요. 커다란 창문이 반대편에 있는 큰 산을 비추고 있어서 새들이 산인 줄 착각하고 직진 비행을 했기 때문에 벌어진 일이었어요.

새들은 사람보다 시야각이 넓기 때문에 주위에 무엇이 있는지 살피면서 날게 되어 있어요. 그래서 유리창 같이 투명한 물체는 코앞에 오기 전까지는 알아차

릴 수가 없죠. 결국 유리창이 있다는 사실을 알아챘을 때는 이미 머리를 박고 땅에 추락하고 있는 거예요. 너무 끔찍하고 황당한 일이지 않나요?

이런 일들은 이제 도시 곳곳에서 허다하게 일어나고 있어요. 거기에 매일 밤마다 켜져 있는 도시의 간판과 조명의 불빛 때문에 달과 별을 보며 방향을 찾아 날아다니는 철새들은 길을 잃거나 엉뚱한 곳으로 날아가 체력이 다해 탈진한다고 해요. 사람들이 다니지 않는 밤 시간을 이용해서 충분히 휴식을 취하고 먹이도 먹는 새들이 우리가 무심결에 켜 놓은 불빛 때문에 쉬지를 못하는 것이죠. 우리는 이제 완벽히 그들의 하늘을 뺏어버린 듯해요. 낮과 밤 모두를요.

만약 우리가 멀쩡히 차를 타고 가다가 순식간에 어딘가에 부딪혀 사고를 당한다면 무슨 기분일까요? 분명 눈을 뜨고 있는데도 계속해서 다치고 길을 잃는다면 어떤 기분일까요? 표지판을 따라가는 줄 알았는데 엉뚱한 곳에 도착해 있다면요? 상상만 해도 너무 막

막하고 두려울 것 같아요. '눈뜬 장님'이라는 말이 딱 어울리는 상황이죠.

　해외에서는 이미 이런 야생동물들의 피해를 줄이기 위해 버드 세이버나 격자무늬 스티커를 건물에 붙인다고 해요. 하지만 우리나라는 '미관상 보기 좋지 않다'라는 이유로 이런 조치를 취해주지 않아요. 아주 작은 불편도 겪고 싶지 않고 아름다운 것만 보고 싶은 우리들 때문에 새들은 눈을 잃어가고 있다는 것을 한 번쯤 생각해 보면 어떨까요?

밤을 새들에게 돌려주세요!
필요 없는 불은 끄기!

낮과 밤의 하늘을
새들에게서 완벽히 빼앗아 버린 우리.

무분별하게 세워지는 건물과
꺼지지 않고 밤새도록 켜져 있는 불빛들이 없다면
새들은 생명의 위협 없이 지금보다 자유롭게
하늘을 날 수 있을 거예요.

우리도 이 하늘을 잠시 빌려 쓰는 것임을
기억해주세요.

#2

지 금 부 터 고 래 사 냥 을 시 작 한 다

60년 산 나무 25그루 = 고래 한 마리

축적하는 이산화탄소의 양은 평균 33톤!

늬들이 고래의 가치를 알아✕?!

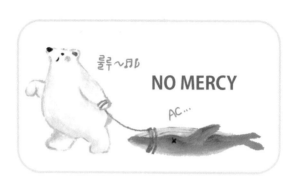

바다의 30%를 해양보호구역으로!
고작 30%도 양보하지 못하나요?

점점 멸종되는 생태계의 지킴이들

    주식이 물범인 북극곰들이 지구 온난화로 먹을 것이 부족해지자 이제는 고래를 사냥해서 먹는다고 해요. 시베리아의 북극 해안가에는 무려 230마리가 넘는 북극곰들이 고래 사체 주변에 몰려들어 먹이를 먹는 모습까지 발견되었죠. 원래 북극곰은 단체생활을 하지 않는 동물이기 때문에 이런 모습은 그들의 처절한 상황을 더욱 잘 보여주고 있어요.

    그들이 잡아먹는 고래는 지구에서 아주 중요한 역할을 하고 있다는 거 아시나요? 지구 온난화의 최대 주범인 탄소를 몸속에 저장하고 죽을 때 바다 밑으로 가라앉아 생태계를 보호하죠. 그들은 살아있는 것 자체만으로 자연을 정화하고 있었던 거예요. 하지만 무자비한 포경과, 석유 시추 과정에서 발생하는 소음, 선박과의 잦은 충돌, 온난화로 인한 먹이부족으로 많은 개체 수가 줄고 멸종 위기에 처해있죠. 대표적으로 만화에 등장한 대왕 고래, 보리고래, 북극고래, 쇠고래, 향유고래가 멸종 위기에 처해있어요.

고래가 왜 멸종해가는지 어떤 위험에 처해있는지 말해도 우리는 크게 그 위험성을 느끼지 못할지도 몰라요. 당장 저 먼바다에 사는 고래가 멸종해도 우리의 일상엔 아무 지장이 없기 때문이죠. 그런데 먹이가 부족해서 단체로 고래를 뜯어먹고 있는 북극곰들을 보며 그 모습이 우리와 닮아있다고 생각했어요.

북극곰들은 몰랐겠죠. 이 고래 하나를 먹는다고 내 집이 없어질 줄은. 그저 새로운 먹이를 찾았다고 좋아했을지도 몰라요. 하지만 결국 온난화는 가속화되고 있고 그것을 막아줄 생태계의 지킴이들은 점점 멸종되고 있어요. 지금 당장 배를 채울지는 몰라도 언제가 삶의 터전 자체가 없어질지도 모르는데 말이죠.

우리의 모습이 그런 북극곰을 꼭 닮아있지는 않나요? 당장 내게 피해가 오지 않으니 대체할 만한 먹이를 찾으며 안일하게 생각하고 있는 것은 아닐까요? 결국 집도 먹이도 없어진 북극곰들처럼 우리도 언제가 250명이 넘는 사람들이 물고기 하나를 먹겠다고 다투게 될지도 몰라요. 결국 고래를 먹는 북극곰도 이 거대한 온난화 속에 무기력한 피해자인 것처럼 우리 또한 언제까지고 상위 포식자로서 자연의 혜택을 누리고 살 수 없을 것이라는 걸 생각해 보면 어떨까요?

광활한 얼음 위를 뛰어노는 북극곰과 펭귄보다
작은 얼음 위에 불쌍하게 쪼그려 앉아있는
동물들의 이미지가 더욱 익숙해진 지금!

이제 '환경보존'이 아닌 '기후위기'란 단어가
더 어울리는 것 같아요. 지구의 최상위 포식자로서 우
리는 언제까지 안전할 수 있을까요? '향유고래 멸종위
기' 는 과연 우리와 먼 이야기 일까요?

3

내 다리 내놔

옛날 어느 시골 마을에 밤만 되면 공동묘지에
나타난다는 새가 있었어. 우리 아가 그 얘기 들어봤나?

그게 다 미세플라스틱인건데!
그런 마스크가

수 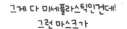 북

우리나라만 한 달에 최대 6천만 장!
전 세계적으로는 1290억 개에 달하는 마스크가 버려지고 있다고!

인간들은 살릴지 몰라도

야생동물에겐 치명적인 마스크!
제발 좀 똑바로 버리란 말이다!

다 쓴 마스크는
꼭 끈을 잘라서 버려주세요!
마스크 끈은 야생동물들에게
족쇄가 되고 있어요!

부메랑처럼 돌아오는 환경문제

코로나의 시대가 도래한지 이제 1년이 지나가고 있어요. 금방 끝날 줄 알았던 코로나의 장기화에 따라 우리의 생활도 아주 많은 부분에서 변화를 겪고 있죠. 대표적으로 사람들을 자유롭게 만날 수 없게 되었고, 대면보다는 비대면으로 처리하는 일들이 많아졌으며 제일 크게 바뀐 것은 모든 것을 위생상 한번 쓰고 버리게 되는 일회용품으로 대체하게 되었다는 것이예요.

처음 코로나가 퍼졌을 땐 전 세계적으로 사람들이 집 밖을 잘 나가지 않게 되고 여행도 다니지 않게 되면서 땅, 하늘, 바다가 전보다 훨씬 깨끗해진 모습을 볼 수 있게 되었어요. 공장이 멈추고 얼마 만에 보는 하늘인지 모를 정도로 황사나 미세먼지 없이 맑은 하늘을 볼 수 있었고, 끊임없는 관광객으로 매일같이 뿌옇게 변해져 있던 운하가 맑아졌죠. 대기 환경이 개선되니 야생동물의 움직임도 활발해졌다는 이야기도 기사로 나왔어요. 그래서 코로나로 인해 지구가 깨끗해졌다는 착각을 잠시 할 정도였어요.

문제는 그렇게 집에만 있게 되고, 위생을 신경 쓰게 되다보니 일회용품의 사용량이 급증했다는 것이에요. 일주일에 한 두번 시켜먹을까 말까 했던 배달 음식을 거의 매일 먹게 되었고 한번 손에 닿았던 것은 되도록 두 번 쓰지 않게 되었죠. 거기에 바이러스를 막기 위해 매일같이 갈아 쓰게 되는 마스크의 사용량이 급증하게 되면서 하루에도 어마어마한 양의 쓰레기가 나오고 있어요. 당장 내 몸과 건강을 지켜야한다는 마음으로 사람들은 편리하게 쓰고 버릴 수 있는 위생적인 플라스틱과 비닐을 경각심 없이 마구 소비하고 있어요. 이 때문에 많은 야생동물들이 고통받고 있다는 것을 아시나요? 그 중에서 특히 마스크로 인해 야생동물들은 심각한 생명의 위협을 받고 있어요.

마스크의 끈에 발이 묶여 움직이지 못하는 새들을 구조 했다는 기사가 심심치 않게 올라오고 있어요. 두 발로 걸어야 하는 새들이 발에 족쇄가 채워져 외다리 새들이 되고만 거죠. 마스크를 먹이인 줄 착각해서 먹었다가 기도가 막혀 죽은 바다동물들의 이야기도 점점 늘어가고 있어요. 게다가 아무렇게나 버려진 마스크가 바다로 흘러들어가 물살에 부딪히며 미세하게 분해되면 바다생물들이 흡수하게 되고 그것은 다시 우리의 식탁으로 돌아오고 있어요.

황사마스크, 덴탈마스크, 보건용 마스크등은 폴리프로필렌(PP)이라는 소재로 만들어지는데 이것은 미세플라스틱의 일종이예요. 그래서 소각과정에서 일산화탄소, 다이옥신 등 해로운 성분을 대기 중에 확산시키고 땅에 묻혀도 수백 년 동안 썩지 않아요. 결국 건강을 지키기 위해 선택한 마스크가 부메랑처럼 다시 돌아와 우리의 건강을 해치고 있는 것이죠. 우리는 그래서 이렇게 마스크가 버려지며 발생하는 환경문제가 비단 동물들만의 문제가 아니라고 생각해봐야 해요. 하루에도 수십만장씩 만들어지고 있는 마스크, 당장 모든 마스크를 친환경 소재로 만들어 보편화하기엔 무리가 있어요. 그렇기 때문에 잘 쓰고, 잘 버리는 것이 중요하답니다. 아무데나 버리지 않는 것은 당연하고 분리배출을 할 수 없는 소재이기 때문에 잘 접어서 종량제봉투에 넣어 버려야 해요. 그리고 야생동물들을 위해 끈은 꼭 가위로 잘라주는 것도 중요하답니다. 이런 내용을 포스팅해서 많은 사람들에게 알려보는 것도 우리가 할 수 있는 일들 중 하나겠죠.

우리는 이 지구상에 함께 공존하는 생명체들이예요. 동물과 사람을 따로 떼어놓고 볼 수 없는 거죠. 하지만 왜인지 우리 인간들은 동물과 사람이 다른 곳에 살기라도 하는 것처럼 무분별하게 쓰레기를 버리고 환경을 파괴하고 있어요. 결국 그 먹이사슬의 최상위엔 인간이 있고 병들어버린 자연을 섭취하는 것도 우리라는 사실을 기억해야 해요.

4

육식 멈춰!!

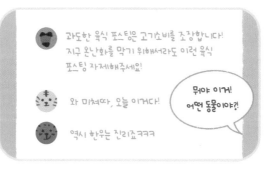

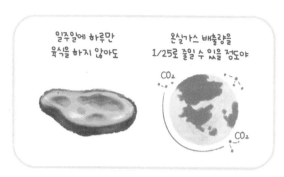

일주일에 하루만
육식을 하지 않아도

온실가스 배출량을
1/25로 줄일 수 있을 정도야

CO_2
CO_2

또 고작 햄버거 패티
4장을 만들기 위해

화학비료
25KG

땅
25㎡

물
220L

이 정도의 양이 필요하다구!

하지만 전 세계적으로 축산업은 더욱 커지고 있고

누구도 이 축산업이 지구를 파괴하고 있다고 생각하지 않아!

무작정 먹지 말라고 한다고
과연 육식을 멈출 수 있을까요?

SNS에 과도한 육식 포스팅을 자제하고
일주일에 1~2번만 육식을 줄여도 좋아요!
무조건 채식을 하기보단
우리가 할 수 있는 것부터!

건강한 축산업과 일상의 실천

고기 없는 세상은 상상하고 싶지 않다는 친구가 있어요. 본인은 잡식이 아닌 육식동물이 분명하다며 '고기사랑, 나라사랑!'을 외치는 친구예요. 그래서 그 친구를 만날 때는 항상 고기를 먹고 늘상 마무리는 SNS에 맛있게 먹었던 고기를 포스팅하며 끝나는 것 같아요. 육식이 지구 온난화에 많은 영향을 끼친다는 것을 알게 되기 전까진 저도 그런 행동들에 자각이 없었고 즐거운 일상 중에 하나였던 것 같아요. 하지만 육식이 환경에 주는 영향을 알게 되고 그것을 조금이라도 일상으로 실천하기 위해 주위 사람들에게 이 문제를 얘기하기 시작하면서 우리의 삶에 육식이 얼마나 큰 비중을 차지하고 있는지와, 또 육식과 환경에 대한 이야기가 많은 사람들에게 불편하게 다가갈 수 있다는 사실도 알게 되었어요.

　'육식이 지구 온난화에 많은 영향을 끼치고 있으니 우리는 육식을 지양하고 채식을 지향해야 한다' 는 얘기를 들으면 많은 사람들이 '그래도 난 고기 없인 못 살아. 그냥 난 지금만 생각할래, 지금 당장 지구가 어떻게 되는 건 아니잖아' 또는 '채식만 하면 오히려 영양부족으로 오래 못살걸? 소가 트림한다고 지구 온난화가 가속된다니 말도 안 돼' 같은 반응을 보여요. 어쩌면 그들의 말이 맞을지도 몰라요. 아무리 우리가 만화에서 설명하는 육식의 단점에 대해 말을 해도 그건 그저 교과서나 환경이슈 기사에서나 나오는 이야기일 뿐 체감으로 와 닿지 않을 수 있는 것이죠. 그렇기 때문에 '육식 멈춰!' 와 같은 강경한 캠페인보다는 '건강한 축산업과 육식을 대체할 수 있는 일상의 실천' 등에 더욱 초점을 맞추어야 되지 않나 생각해요.

　사람들은 부정적인 말보단 긍정적인 말에 훨씬 우호적으로 반응하기 때문이예요. 저 또한 무작정 육식을 멈춰야한다고 했을 때는 선뜻 용기가 나지 않고 그게 가능할까? 라는 생각이 들었지만 일주일에 육식을 1~2번만 자제해도 온실가스의 양이 1/25 이나 감소한다는 것을 보고 그럼 이번주 약속 때는 고기를 먹지 말아야겠다! 하는 구체적인 실천방법이 떠올랐어요. 이는 단순히 고기 뿐만 아니라 우유, 치즈와 같은 유제품도 해당이 되죠. 또한 고기보다는 고기맛이 나는 대체 육을 소비하는 것도 하나의 실천이고, 과도한 육식 포스팅을 하지 않는 것도 방법이 아닐까 해요. 하지만 우리 개인이 아무리 이렇게 노력한다고 한들 선 세계적으로 커질대로 커져버린 축산업이 환경에 미치는 영향을 줄이기란 쉽지 않을거예요.

　　<The Science Times> 의 기사에 따르면 이 문제에 대한 정부차원의 방법으로 2003년 뉴질랜드 정부는 소가 배출하는 메탄가스에 세금을 물리려고 시도했고, 에스토니아 정부는 메탄가스에 실제로 세금을 물리기 시작했다고 해요. 우리나라에서도 축산업 농가의 폐수 배출을 규제하기 위해 무허가 축산 설치를 금지하고 있구요. 소를 키우기 위해 열대우림을 파괴하기보

다는 '산지생태축산'이라는 건강한 방법을 이용한 축산업을 지향할 수도 있어요. 자연 그대로의 산지를 이용해서 안전하고 보다 깔끔하게 가축을 사육하는 방식이죠. 이렇게 거대한 축산업을 조금 더 안전하고 환경적으로 바꾸기 위해서 개인과 정부의 노력이 필요해요.

'나 하나 바뀌고 실천한다고 지구가 파괴되는 것을 막을 수 있겠어? 그럴 바엔 그냥 나도 남들과 똑같이 할래.' 라는 생각보단 '우리 한사람, 한사람의 의견이 모아져 그것이 소비자의 의견이 되면 이 거대한 산업 시스템도 언젠가 좋은 방향으로 흘러 갈거야' 라는 긍정적인 생각으로 환경을 위한 실천을 시작해보는 것은 어떨까요?

실제로도 이러한 소비자들의 생각이 많은 기업들의 기업 가치를 바꾸고 있고 비건(vagan)산업 열풍을 불러오고 있으니까요. 채식과 육식은 선택의 문제예요. 누구도 여러분에게 채식하라고 강요할 수 없어요. 하지만 한번쯤은 육식을 줄여서 환경에 어떤 영향을 줄 수 있는지 긍정적으로 생각해보는 것은 어떨까요?

넓은 초원에서 소는 여유롭게 풀을 뜯고 하늘은 푸르
른 풍경을 상상해보세요. 우리가 조금만 육식을 줄이
고 건강한 축산 환경에 관심을 가진다면 그 모습은
더 이상 동화 속 장면이 아니게 될 거예요.

선택적
미니멀리스트

mercioon

mercioon(메르시온)

- 매가박스 영화 〈감쪽같은 그녀〉 스페셜 포스터.
- 국립광주어린이박물관 전시내부, 영상,포스터 작업
- 프뢰벨,한솔,몬테소리 그림책 작업, 전래동화 그림책 작업
- 서울시 엽서 작업
- EARTH & US kids 브랜드 캐릭터 및 로고작업
- 알파벳 포스터 작업, 까페쇼 포스터 작업
- 바나나앤씨 사이트 작업
- 롯데월드킹맘 수기책 표지,내지,포스터작업
- 천재, 두산,디딤돌 등 교과서 다수 작업
- 김영사 직업교과서,행복교과서 작업 등

인스타그램 : @mercioon

선택적 미니멀리스트가 되기로 했다.

내 생활 패턴에 맞게

필요 없는 물건들을 정리하고 줄여나가는 것.

그 시작만으로도 의미가 있으니까.

선택적 미니멀리스트

책이나 방송으로 이름을 알린 미니멀리스트들 중
에는 젊은 나이에 성공하여 원하는 것을 다 가져본 것
으로 이야기를 시작한다. 하지만 멋진 차, 좋은 집, 비
싼 명품 옷이나 가방이 자신을 행복하게 만들어주진
않는다고 말하며 스스로 미니멀리스트가 되었다고 말
했다. 나의 시작도 그들과 같았다면 좋았겠지만 나는
그저 평범한 사람이다. 그런 내가 자연스럽게 미니멀리
스트가 될 수 있었던 것은 첫 배낭여행을 통해서였다.

여행 무지렁이가 인도라는 미지의 나라에 몇 개월
을 떠나 있으려니 무엇부터 준비해야 할지 도통 감이
잡히지 않았다. 필요해 보이는 건 있는 대로 쑤셔 넣었
다. 엄마표 볶음 고추장 1킬로, 김, 팩소주 여러 개, 그
림을 그리기 위한 하드케이스 스케치북과 색연필 더미,
두 달치에 달하는 화장품, 샤워용품, 위생용품, 도난방

지용 쇠사슬과 자물쇠 여러 개, 500쪽짜리 인도 가이드 북까지 챙겨 넣으니 내가 가방을 멘 것인지 가방에 내가 달린 것인지 알 수 없을 정도였다. 3개월이 넘는 기간 동안 뼈저리게 깨달은 것은 짐이 많아질수록, 여행이 아니라 고행이 된다는 것.

조금 더 편하게 만들어 줄 것 같았던 물건들이 나를 지치게 만들기 시작하면서 불필요한 것들을 하나씩 버리기 시작했다. 제일 먼저 버린 것은 여행기간 내내 단 한 번도 펴보지 않은 와인 역사책. 600쪽이 넘는 와인 역사 책은 대체 왜 가져갔을까? 책을 시작으로 쇠사슬, 자물쇠, 넝마 같은 옷, 장신구들을 미련 없이 버렸다. 한 번이 어렵지 두 번은 쉬운 법이다. 없으면 안 될 것 같던 물건들을 털어내고 나니 배낭도 내 마음도 한결 가벼워졌다. 여행에는 생각보다 많은 물건이 필요치 않았다. 살아가는 것도 이와 크게 다르지 않을 터. 한국에 돌아가면 욕심을 버리고 가볍게 살리라. 하지만 여행을 마치고 일상으로 돌아오니 언제 그랬냐는 듯이 눈에 들어오는 물건들이 야금야금 생겨났다. 그대로 살았다면 아마 내 방은 누울 자리만 남았을 것이다. 다행히도 긴 여행을 종종 떠났고 비우는 습관을 몸에 익혔다. 미니멀리스트로서의 첫 시작점은 여행이었지만 사실 무엇보다 가장 큰 이유는 치우는 게 귀찮았기 때문이다. 물건이 적으면 치울 일도 적어지는 것이 당연하다.

먹고 사는 일에 필요한 것을 우선 순위에 두고 눈에는 예쁘지만 내 방으로 들어왔을 때 쓰임이 없어 먼지가 앉을 만한 물건은 보는 것으로 만족했다. 충동적으로 사지 않으니 물건이 늘어나는 일은 드물었다. 작심삼일의 아주 짧은 실행력을 가진 사람이라, 결심을 하고 습관으로 들이기보다는 점차 습관이 들어버린 순으로 물건들을 줄여나갔다. 하지만 관심이 있고, 자주 사용하는 물건들에 대해서는 미니멀리스트가 되기 힘들었다. 그래서 나는 선택적 미니멀리스트가 되기로 한 것이다. 누구나 가진 성향이 다르듯이, 습관이나 행동력에 있어서도 마찬가지라고 생각한다.내 생활 패턴에 맞게 필요 없는 물건들을 정리하고 줄여나가는 것.그 시작만으로도 의미가 있다고 생각한다.

친환경 미니멀리스트

　　연일 코로나 관련 뉴스가 쏟아지면서 코로나의 원인 중 하나로 꼽히고 있는 환경 문제 역시 자주 거론되었다. 나 역시 집콕 생활이 길어지며 환경 다큐멘터리에 관심을 가지게 되었는데, 그중 <우리의 지구> 시리즈는 동물들을 좋아하는 내게 충격적인 그들의 상황을 적나라하게 보여주었다. 심각성을 인지하고 환경을 주제로 한 다큐멘터리를 몇 개 더 찾아보았다. 일상을 살아가면서 귀찮으니까, 편하니까, 빠르니까의 변명으로 마음 한구석이 체한 것처럼 거북하면서도 '이번 한 번만'이라 생각하며 외면했었다. 하지만 환경 문제로 인해 인간의 삶까지 위협받으며 살아가는 지금 마음만 불편했던 삶에서 일상이 조금 불편해지는 삶을 살기로 마음먹었다.

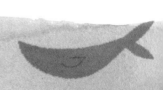

귀찮음을 해결하기 위해 '어떻게' 미니멀리스트로 살 것인가로 고민하는 것에서, 다큐멘터리를 보고 '왜' 미니멀리스트가 되려고 하는지에 집중하다 보니 조금 더 목적 의식을 갖게 되었다. 대부분의 사람들이 가장 궁금해하는 '어떻게?'의 방법도 중요하지만, 그보다 더 중요한 것은 각자의 목적인 '왜' 나는 미니멀리스트가 되고 싶은가가 더 중요하다고 생각한다. 사람마다 성향이 다르듯, 미니멀한 삶을 살고 싶은 이유도 다양할 것이다. 단지 시대의 흐름이 미니멀한 삶을 지향하니까, 미니멀리스트가 말하는 삶이 적게 소유할수록 행복하다고 말하니까 나도 해보자는 식의 이유는 잠깐은 미니멀한 삶으로 이끌 수는 있어도 지속적으로 실행하기에는 무리가 있다. 그건 다른 이의 것이지, 나의 것이 아니니까.

필요에 의해서든, 목적의식이 있어서든 모든 중심에는 내가, 나의 이유가 있어야 한다. 그래야 자연히 습관이 되고, 비로소 나의 것이 될 수 있다. 하지만 무엇이든 급하게 단적으로 하다 보면 오래가지 못하고 탈이 날 수밖에 없다. 자신이 할 수 있는 만큼 조금씩 불편하게 지내는 것만으로도 충분하다. 나 역시 습관에 맞춰 서서히 줄여가는 방법으로 그리고 환경을 생각하는 쪽으로 적당히 불편하게 줄여나가 보기로 했다. 그리고 작은 일들을 실천하면서, '뭐 이런 작은 일로 지구가 변하겠어?'라는 생각보다는 나를 칭찬해줬다. 오늘도 뭔가를 하나 했구나 하는 작은 성취감. 그게 꾸준하지만 지속적이게 만드는 원동력이 되었다.

이 뒤로는 너무 세세해서 먼지 같을 정도로 작지만 조금 불편한 나의 일상을 소개하려 한다.

선택적 미니멀리스트의 삶을 살기로 결심하고 제일 먼저 없앤 것은 인테리어 소품들이다. 화분과 여행 때 산 기념품 한 두 개, 전시 때 썼던 그림 액자 몇 개가 작업방과 드레스룸, 그리고 침실 인테리어의 전부다. 그 외에 포기를 못해 서서히 줄이고 있는 물건이 옷과 일상생활에 필요한 소모품이었다. 그중 하나가 기초 제품으로 건성이 심한 피부라 유일하게 꼼꼼히 챙겨 바르는 것들이었다.

바르는 기초 제품만 9가지 정도로 스킨 2종, 에센스, 아이크림, 로션, 데이 크림, 나이트 크림, 겨울철 대비용 크림, 마지막으로 선크림까지…. 그나마 여행 중에는 짐스럽다는 이유로 줄여서 가지고 다녔지만, 일상으로 돌아오면 여행에 지친 피부를 살리겠다는 이유로 좋다는 제품은 추가해서 사용하곤 했다.(여행 중에 생긴 주근깨를 없애기 위한 화이트닝 세럼 같은…)

그러다 아침 겸 점심 식사를 하며 평소에 잘 보지 않던 아침 방송을 보게 되었다. 피부과 전문의가 출연하여 여드름 피부가 아닌 이상, 주름이나 기미 등 대부분의 피부 트러블은 보습이 가장 중요하니 보습 효과가 뛰어난 크림 하나만 사용해도 충분하다는 내용이었다. 효과가 입증되었으며 꼭 필요한 또 한 가지 제품은 선크림이라는 말과 함께. 방송을 보고 팔랑귀인 나는 화장품 몇 개를 줄였다. 마침 그 많은 화장품이 제대로 된 효과를 내지 못한다고 생각하던 터였다. 조금씩 줄이다 보니 지금은 스킨, 로션, 선크림으로 수가 대폭 줄었다.

처음에는 가을이 오는 걸 먼저 알리듯이 피부가 갈라지는 것처럼 아픈 느낌이 들었지만, 꾸준히 사용하다 보니 가을만 되면 입 주변에 달고 다니던 피부염이 눈에 띄게 없어졌다. 그야말로 'Less is more'를 피부로 실현한 느낌이었다. 플라스틱 용기 역시 9개에서 3개로 줄어들었다.

나의 소소한 변화들 : 위생 용품

- 샤워용품

폼클렌징과 바디클렌저를 너무 건조하지 않은 비
누 하나로 바꾸고 사용하다 남은 비누 조각들은 망에
넣어 세탁 비누 대신 사용하였다. 샴푸는 샴푸바로 바
꾸었다. 비누와 샴푸바는 모두 비닐 포장이 없는 종이
포장으로 된 제품들로 골랐다. 벌써 플라스틱 용기가
셋이 줄고, 세탁비누가 필요 없어졌다. 다만 나한테 맞
는 샴푸바를 고르는 게 힘들었다. 갑자기 샴푸바로 바
꿔서인지 생전 없었던 비듬이 생기기 시작했다. 두피가
샴푸바에 적응하면 괜찮겠지 싶어 소처럼 미련하게 쓰
다가 비듬이 정수리에 흰 눈처럼 쌓였다. 어쩔 수 없이
잠시 비듬 제거 샴푸로 돌아왔지만, 곧 다시 새로운 샴
푸바를 찾아볼 예정이다.

- 칫솔

칫솔은 특히 자주 소모되는 물건 중 하나이다. 처음에는 친환경 대나무 칫솔을 사용했는데, 칫솔모가 성기고 자주 빠지며 대나무 손잡이에 곰팡이가 자주 피었다. 그래서 동생의 강력 추천으로 전동 칫솔로 교체하였다. 개인적으로 작은 진동으로 마모가 적어 일반 칫솔보다 교체 시기가 길었고 머리 부분만 교체하면되어 좋았다.

- 치실

일회용 치실 대신 다회용 치실로 너무 세세하게 가는 부분일지도 모르지만, 간단한 교체로 마음의 무거운 부분을 덜은 경우 중 하나라 적어본다. 원래는 편의성을 위해 일회용 치실을 사용했었는데, 경각심을 가지고 나서는 3-4회용 치실을 사용하다가, 지금은 치실이 롤로 말려 있는 다회용 치실을 사용하고 있다. 일회용 치실은 중요한 치실 대비 많은 플라스틱이 소모된다.

- 팩

일회용 팩은 흡수되는 부분을 제외하곤 전부 쓰레기로 나오는 것 중 하나이다. 우리 집은 예전부터 귤이 제철이 되는 시기가 되면 먹기 전에 과탄산소다로 깨끗이 씻은 뒤, 먹을 때마다 껍질은 말려서 모았다가 믹서기에 곱게 갈아 1년 치 귤피 가루로 만들어놓고 사용 중이다. 하지만 귀찮은 과정이 많기에 귤피 가루 외에 다른 곡물 가루는 인터넷에서 주문해 사용하고 있다. 소분이라지만 몇 달을 사용할 수 있는 분량이고 포장 쓰레기도 많이 나오지 않는다. 하지만 여전히 떼어내기만 하면 되는 일회용 팩에 비해 씻어 내야 하는 귀찮음이 있다. 그래서 샤워하기 전에 팩을 하고 샤워를 할 때 마사지를 하듯 씻어내 버린다.

- 영양 제품들

나이가 들면서 늘어가는 게 갖은 영양제품들이다. 대부분이 플라스틱 용기에 포장되어있어 꽤나 골치가 아프다. 하지만 건강한 노년을 위해 안 챙길 수도 없는 일.. 그래서 웬만하면 한 알씩 개별 포장되어 있는 제품보다는, 한 통에 다 들어있는 것을 고르려고 노력한다.

나의 소소한 변화들 : 옷

　출퇴근을 하지 않기에 옷이 많은 편은 아니나, 미니멀 라이프를 지향하기에는 많은 옷을 가지고 있는 게 사실이다. 그래서 우선 옷에 관한 패턴을 살펴봤다. 옷장에 옷은 가득했지만 항상 입는 옷만 입었고, 대부분 베이식한 옷이었다. 옷장 정리를 할 때마다 안 입고 버리는 옷은 대게 유행이나 세일로 인해 충동적으로 구매한 spa브랜드 옷이었다. 그래서 주로 입는 옷 성향에 맞게 충동적으로 구매하는 2,3번의 기회를 참고 마음에 드는 질 좋은 옷을 사기로 했다. 충동구매를 여러 번 넘기고 고심해서 사다 보니 자연히 그 옷에 애착이 가기 시작했다. 비단 옷뿐 아니라 구두, 시계, 가방도 마찬가지. 여행지에서 머물렀던 공간이나 들었던 음악, 맡았던 냄새가 특별한 기억으로 남는 것처럼 공간이 아닌 물건에 추억이 쌓였다. 신기한 일이었다. 아이템이 적어질수록 추억이 선명한 기억으로 남고 애착을 가지게 되면서 점점 소중해졌다. 그렇게 깨달았다. 미니멀리스트라는 건 무턱대고 물건을 버리는 게 아니라, 줄여나가며 나에게 맞는 또 다른 퍼스널리티를 찾아가는 것이라는 걸. 무조건 싼 제품은 안 좋고 비싼 명품은 좋다는 것이 아니라 고심해서 구입해야 나에게도 의미가 있는 물건이 되고 나만의 색을 보여줄 수 있는 것이다.

옷가지들을 줄여가며 더불어 생긴 새로운 습관은 물건들의 케어이다. 아무래도 하나를 사서 오래 입다 보니 자주는 아니지만 주기적으로 케어를 해주는 습관이 생겼다. 운동화는 오염 방지 코팅 기능이 있는 스프레이 제품이 있어 뿌려서 사용하고, 가죽 제품은 가죽 가방과 함께 생활 오염을 제거한 다음 가죽 전용 케어 제품으로 코팅해준다. 니트류는 때에 맞게 드라이클리닝을 해주고 보풀을 제거해가며 오래 입는다. 귀찮다고 생각한 케어가 물건을 소중하게 다루고 의미 있게 생각하는 행동이 되었다. 세일 때 사서 한 번도 입지

않고 버려진 옷들에게 미안해 질정도로

-향수

옷 외에 유일하게 욕심을 내는 게 하나 더 있는데
바로 향수이다. 향수의 가짓수를 늘리려던 게 아닌 나
만의 향을 찾겠다고 사다 보니 종류가 늘어난 경우이
다. 아직까지 꼭 맞는 향수를 찾은 건 아니지만, 여름
향수와 겨울 향수를 찾아 반정착해서 사용하고 있다.
향수나 인센트를 좋아해서 날씨와 기분에 맞춰 다양하
세 뿌리는 기쁨을 알고 있지만 그보다는 나만의 향을
찾아서 정착을 하는 것은 어떨지 조심스럽게 추천해본
다. 대부분의 향수가 다 사용되지도 못한 채 버려지고
있는 실정이니 나만의 향수를 다 썼을 때의 희열을 느
껴보면 좋겠다.

새 물건을 살 때의 기쁨은 잠깐일 뿐이지만 고심
해서 고르고 시간을 들여 애착을 가진 물건은 시간을
들인 만큼 오래 잔잔한 기쁨을 가져다준다

제일 힘든 고기 줄이기

발리 우붓에서 2달 살기를 할 때였다. 우붓은 수많은 비거니스트들이 찾아오는 곳으로 우리나라에서 채식이 유행하기 전부터 비건 레스토랑뿐만 아니라, 비건 케이크나 쿠키 등의 베이커리 등을 판매하는 카페들이 즐비한 곳이었다. 요가를 같이 배우던 언니와 같이 밥을 먹으면서 처음 비건 음식을 접했는데 비건 레스토랑과 음식의 종류가 다양하다 보니 어느새 나도 모르게 채식을 생활화하고 있었다. 하지만 우붓이라는 특수한 환경 때문에 가능한 일이었고, 한국에 와서는 다시 삼겹살을 외치며 즐거운 고기 생활을 즐겼다.

몇 년이 흐르고 채식을 하는 친구와 작업을 하게 되어 몇 번 식사를 하게 되었다. 같이 식사를 하며 느끼게 된 건 우리나라는 베지테리언이 먹을 만한 음식점이 많지 않다는 사실이었다. 한식은 기본적으로 채소를 재료로 하는 반찬과 음식의 종류들은 많지만, 사찰 음식점을 제외하고는 채소를 주재료로 하는 음식점은 많지 않다. 고기가 들어가지 않는 냉면 같은 경우에도 고기를 베이스로 한 육수가 들어가 친구인 페스코 베지테리언에게는 맞지 않는 음식이었다. 음식의 선택 폭이 턱없이 좁은 메뉴들을 보며 채식을 추구하기에 아직 부족한 환경이라는 생각이 들었다.

환경을 떠나서 고기를 너무 사랑하는 1인으로 채식을 할 자신은 없는 사람이라 고기를 먹는 횟수를 줄여보기로 했다. 볶음밥이나 파스타 같이 고기가 소량 들어가는 정도는 그냥 먹고, 삼겹살이나 스테이크처럼 고기가 메인인 음식은 먹는 횟수를 줄였다. 자연히 술자리도 줄었다.(고기를 먹으면서 술을 안 마실수는 없지 않은가!) 특히나 가축으로 키우는 소들이 방출하는 메탄가스가 환경오염의 주범 중 하나라는 뉴스를 접하고 소고기 먹는 횟수를 1/5로 줄이게 됐다. 아마 처음부터 채식을 목표로 잡았다면 나는 며칠 못가 백기를 들었을 것이다. 하지만 조금씩 먹는 횟수를 줄여가다 보니, 이제 부러 찾아먹진 않게 되었다.

여전히 소고기가 들어간 미역국을 먹고, 닭고기가 들어간 나시고랭을 먹지만 스테이크와 삼겹살을 최애로 꼽던 내가 생선이나 채소류 등 다양한 식재료의 음식으로 눈을 돌리게 되었다. 앞으로도 친구처럼 페스코 베지테리언이 되는 건 힘들겠지만 조금씩 더 줄여나갈 계획이다.

물과 술

  우리가 살아가면서 가장 많이 소비하는 것 중 하나가 생수이다. 초등학교 시절에는 교과서에서 공기를 팔고, 물을 사 먹는 시대가 올 것이라는 내용에 다들 콧웃음을 쳤었다. 그런데 생각보다 빨리 생수를 사 먹는 시대가 오고, 미세 먼지로 인해 어느 가정에서나 공기청정기를 사용하게 되더니, 작년부터는 마스크를 쓰지 않고는 돌아다닐 수도 없는 세상이 오고 말았다. 내 초등학교 시절을 돌아보면 현시대를 살아가는 아이들에게 미안한 마음이 커지는 요즘이다.

  다큐멘터리 <플라스틱, 바다를 삼키다>를 보다가 플라스틱에 담긴 물이 인간의 건강을 해치고 있다는 내용을 보게 되었다. 나오는 내용 중에는 '서티캠'이라는 실험 기관에서 플라스틱이 인간의 몸에 미치는 영향에 대해 실험하는 장면이 나온다. 실험 결과에선 대부분의 플라스틱이 에스트로겐 활성을 하는 화학 물질을 배출하는 심각성에 관해 이야기하고 있다. 에스트로겐 활성 혹은 EA란 BPA, 프탈레이트 같은 물질이 체내로 들어가 에스트로겐 호르몬을 흉내 내는 걸 말한다.

6세 이상 미국인의 92.6퍼센트가 체내에서 BPA가 발견되었지만 현재 관련 FDA 규정은 없다. 문제는 일반 플라스틱 제품뿐만 아니라 BPA 프리 제품 역시 BPA 외의 다른 에스트로겐 호르몬을 흉내 내는 화학 물질을 배출한다는 것이다. 이 말은 화학 물질을 배출하는 것이 BPA만 있는 게 아니라는 뜻이다. 게다가 대부분의 플라스틱은 노출됐을 때 에스트로겐 활성을 하는 화학 물질 배출을 증가하게 한다.(이하 다큐멘터리 <플라스틱, 바다를 삼키다 > 중)

우리는 수많은 플라스틱 용기 제품 중에서도 생수의 소비가 가장 크다. 택배의 편의성에 코로나까지 겹쳐 정기적인 배송으로 쟁여놓고 마시는 가구 수가 많이 늘었기 때문이다. 배송 중의 이동이나 음용할 때 노출은 피할 수 없다. 우리는 깨끗한 생수를 마시는 듯 하지만 플라스틱에서 배출된 화학 물질을 같이 들이키고 있는 것이다. 플라스틱을 줄이기 위함 뿐만 아니라 나와 내 가족의 건강을 위해서도 플라스틱에 담긴 생수를 마시는 것에 대해 생각해 볼 문제이다. 그리고 택배 중에서도 무거운 축에 속하는 생수를 배달하시는 택배 기사님들을 위해서도. 나는 플라스틱 생수 대신 정수기 렌탈을 이용하고 있다. 두 달에 한 번 정기적으로 점거도 해주고 렌탈 비용도 저렴해서 꽤나 만족스럽다.

개인적으로 불편하지만 자주 실천하려고 노력 중인 한 가지가 바로 맥주이다. 여름 저녁, 샤워 후 작업을 하면서 즐기는 맥주 한 캔이 생활이 되다 보니 생각보다 쓰레기가 많이 나왔다. 그래서 병맥주로 바꾸기 시작했다. 맛도 더 좋고 가격도 더 저렴하며, 재활용도 가능한 병맥주. 다만 버리러 가는 게 귀찮다는 게 문제이다. 하지만 병맥의 맛에 빠지니 버리러 가는 귀찮음의 무게를 조금은 견딜 수 있게 되었고, 맥주를 마시는 횟수도 줄이게 되었다.

배달 문화

코로나가 시작되기 전부터 우리나라는 배달이 활발했지만, 지금은 전세계적으로 배달 문화가 생활화되며 새로운 소비 문화로 자리잡았다. 식당 영업시간이 축소되고 야외 생활이 제한되면서 배달 문화가 꼭 필요해진 건 사실이지만 문제는 배달 음식에서 나오는 일회용품의 범람이다.

일부 메뉴만 배달이 되던 시대와 달리 거의 모든 메뉴가 포장이 가능한 시대가 되면서 다양한 플라스틱 용기들이 쏟아져나왔다. 게다가 일회용 플라스틱 용기들이 각 가정에서 재활용으로 분류되지 않은 채 일반 쓰레기로 버려진다니 경악할 노릇이었다. 배달을 시킬 때마다 먹는 양보다 더 많이 나오는 플라스틱 용기들을 보며 죄책감이 섞인 스트레스를 받았다. 배달 음식을 먹는 횟수를 줄이고 플라스틱 용기는 깨끗이 씻어

분류해도 재활용 쓰레기들은 매번 산처럼 차올랐다. 배달음식 자체를 잘 먹진 않았지만, 더는 배달 음식을 시키지 않기로 마음먹었다.

바쁜 현대사회에서 매일 음식을 해 먹을 수는 없는 상황이지만 집에서 생활하는 시간이 조금 더 늘어난 지금, 일주일에 한 두 번 정도는 요리를 해서 먹기로했다. 반찬 가게에서 밑반찬을 일주일치 정도 구매해 해먹기 귀찮은 날은 밑반찬만 꺼내서 먹었다. 먹다보니 갓 배달되어 플라스틱 용기 채로 대충 먹는 것보다 제대로 된 그릇에 차려먹는 기쁨이 생겼다. 한식이 물리는 날은 더 간단한 파스타나 샌드위치 등을 만들어서 먹는다. 간단한 음식이지만 일회용기에 먹는 기분과는 다르게 한 끼를 챙겨 먹은 기분이 들어 좋다.

휴대폰과 TV 사용시간 줄이기

우리가 하루도 빼놓지 않고 들여다보는 휴대폰. 휴대폰의 사용과 환경을 생각하는 미니멀 라이프가 무슨 관계가 있냐는 생각이 들겠지만, 휴대폰을 볼 때 원하든 원치 않든 수 많은 광고를 접하게 된다. 광고를 보면 전혀 살 생각이 없던 제품이나 처음 보는 제품을 혹해서 샀다가 몇 번 사용도 안 하고 버린 경우가 어려 번이었다.

매번 광고에 넘어가지 말아야지 하다가도 현란하게 쏟아져 나오는 광고들을 보면 또 어느새 필요한 물건인 듯 한 착각이 들게 된다. 그래서 휴대폰 사용 시간도 줄일 겸 작업 중에는 휴대폰을 잠시 꺼두기로 했다. SNS 사용 시간을 줄이는 것만으로도 광고로부터 조금은 자유로워졌고 내가 하는 일에 좀 더 집중할 수 있는 시간이 늘어났다.

불필요한 포장 상품 대신

　농약이나 세제 등 먹거리 위험성에 대한 다양한 이유들로 과한 포장재를 사용하는 식재료들이 많아진 요즘 이와 관련된 글도 자주 보인다. 한 유명 배우가 왜 채소 또는 과일을 비닐에 따로 포장하는지 이해가 되지 않는다며 플라스틱 제로를 외치는 글부터 채소 포장을 바나나 잎 같은 친환경 대체 포장재로 사용하기 시작한 태국에 관한 기사까지. 나 역시 매일 아침 먹는 사과가 한 알씩 비닐 포장되어 있는 것을 보고 같은 제품이면 포장이 적거나 없는 쪽으로 구매하려고 노력 중이다.

누구나 쉽게 시작할 수 있는 일상 속 실천

-한 알 한 알 소포장된 과일보다는 박스에 들어있는 제품 구입하기

-자주 사용하는 소모품들은 웬만하면 리필용이나 대용량으로.

-플라스틱 용기에 들은 우유, 주스보다는

종이곽에 들은 제품 구입하기

-이중으로 포장 된 제품보다는

재활용 가능한 종이 포장된 제품 사용하기

-커피숍에서 테이크아웃을 하는 경우엔 개인 텀블러 준비하기

-드라이클리닝을 맡길 때 비닐 제거 부탁드리기

적당히 불편하게

초판 1쇄 발행 2021년 7월 5일

지은이	김한솔이 · 히 조 · 요니킴 · 고양이나방 · 고 센 · 메르시온
발행처	키효북스
펴낸이	김한솔이
디자인	김효섭
주 소	인천시 부평구 부평대로 165번길 26, 1층 출판스튜디오 쓰는하루(21364)
이메일	two_hs@naver.com
블로그	https://blog.naver.com/two_hs
인스타그램	@writing_day_

ISBN 979-11-91477-05-4